45

ainda resoavam pela igreja, e
s ruidosos, e aquellas mulheres
toda as lagrimas com suas [manjas]
e para o rosto, pareciam carregar
era de terror, repartindo, assim
sionario, e que iria reviver,
quos, nas fazendas e nas palhoça

ao xxxx seu silencio habitual,
de.
o, xxxxxxxxxxxxxxxxxxx punha um
ave, apoiando-se á grade lateral.

I

Do diário:
A criada, cujas rugas se destacam fortemente em sua pele amarela, iluminada pela luz do lampião de querosene, atormentou-me com oferecimentos de serviço, desaparecendo, bruscamente, diante de meu teimoso silêncio.

Tirei a pesada manta que me envolvia, marcando, com seu peso, meus pobres ombros doloridos. Estava empapada d'água.

Vejo, no canto, um sofá enorme. Deixo-me cair nele e só então sinto o torpor do cansaço da viagem, que me invade o corpo todo. E então, afastando por um instante os pensamentos que me afligem sempre, embriago-me com a intensa e confusa recordação da longa caminhada a cavalo, cujas sensações revivo com desesperada delícia.

Parece-me que entrei nesta cidade furtivamente, como alguém que volta da prisão para o país natal.

As montanhas negras, escorrendo chuva, apagadas pelo denso nevoeiro que sobe da terra, calçada de ferro e também negra, caminham aos meus olhos, lentamente, como em sonho sufocante.

Leio, em minha memória preguiçosa, um grande cartaz com dizeres em inglês e que aparece de surpresa na escuridão, indicando a entrada das minas de ouro abandonadas.

O vale de pedra, nu de árvores, engolfa-se na noite, ameaçador. Nenhuma ambição dava vida àquele lugar de mistério.

— Estamos perto, faltam só duas léguas – diz-me nesse momento, sem ironia, a pessoa que me acompanha.

Depois, a estrada longa, os ramos curvando-se para me fustigar o rosto, movidos por silenciosa hostilidade.

Depois, uma ladeira rude, chapinhando de lama, entre pedras soltas, que rolam para os lados, com surdo rumor.

E a caminhada continua, horas intermináveis, sobe e desce, sobe e desce, quero chegar, não quero chegar...

Duas enfiadas de casinhas que se ajuntam, comprimindo-se cada vez mais, arrimando as paredes arruinadas umas às outras, com indizível desânimo.

As janelas batem e rangem, abrindo-se e mostrando-me, a espaços, o seu interior cheio de miséria e de sombras fugidias. Tudo se confunde com o céu muito baixo, parecendo todo ele, também, de lama negra desfazendo-se na enxurrada, que corre por toda parte. Vultos sombrios se aproximam, vindo ao meu encontro, e o animal aperta os passos incertos, ferido pelo chicote.

— Chegamos – afirma quem me acompanha, ao ver-me imóvel, sem coragem para descer, sem ânimo de perguntar o que quer que seja.

(E ampara-me nos braços enquanto murmuro para mim, baixinho: "é a minha casa...".)

II

O meu quarto. Ergo humildemente a cabeça, e olho em redor.

As paredes, com o clarão da lanterna que me guiou até aqui, aparecem-me esfumadas, perdendo-se no teto brutal, muito alto, com tábuas largas.

Aqui e ali, dançando, o reflexo de um ou outro quadro de santo, espalhados sem simetria. A um canto, entre panos sem nome, distingo a brancura de um jarro.

Dirijo-me para ele, e mergulho as mãos na água fria, que me faz bem e me desperta.

Ergo, de novo, humildemente a cabeça.

E não posso conter um movimento de recuo medroso. Está alguém ali. O seu olhar baço encontrou-se com o meu e vi sua face manchada e lívida...

Volto, tremendo, e fito com esforço aquele vulto, e ele surge, lentamente, dentre as manchas, e forma-se, toma corpo, vindo parar diante de mim.

E me reconheço, por entre o mareado do espelho, com o busto inclinado para a frente, apoiando os braços, fortemente, na pedra de espaldar.

O cavado do rosto, o cabelo empastado, a desordem do vestuário, o ar de inconsciência humilhada confundem-me, como se me lançassem em rosto uma verdade que eu quisesse ocultar.

Abro uma gaveta, com receio de encontrar papéis e recordações de outros. Está vazia.

Foram esvaziadas todas para mim, mas vejo, no usado dos cantos, o trabalho de muitas mãos que passaram e, no assoalho, percebo a marca de muitos pés que por ele caminharam, talvez alegremente!

Deixaram traçados caminhos que conduzem à porta e à janela...

(E não tenho coragem de violar o segredo dessas pobres coisas.)

III

Através da porta ouço o rumor de vozes.

São homens e mulheres; são criaturas humanas que nunca vi e que nunca me viram; amanhã serão meus amigos e meus inimigos, e formarão em torno de mim uma cadeia cerrada de ideias e de ódios que ainda me não pertencem.

Para lá da porta tudo é novo.

Gente nova! E eu quisera também ter uma alma nova, surgindo para eles na pureza e no desconhecimento de minha própria vida...

E devagar, furtivamente, abro a porta para entrar no mundo novo que se acha atrás dela, ao encontro dos homens e das mulheres cujas vozes chegam mais distintas, sabendo que nada poderei oferecer-lhes, a não ser as minhas mãos gastas, meu corpo cansado, minha alma usada e sem destino.

IV

Penetrei com precaução na sala vizinha, e mais tarde poderia rir de minha resolução, dolorosamente tomada, de não me desvendar facilmente àqueles a cujo encontro caminhava.

Porque, a primeira criatura humana que encontrei, sentada em um sofá, diante de mim, como se estivesse à minha espera, foi Maria Santa.

Levantara os olhos, ao ruído dos meus passos, e fitou-me, a princípio com esquisita timidez, mas logo depois o seu olhar verde e vago, misteriosamente perscrutador, me ultrapassou, negando a minha presença, apagando-me completamente.

Fitava a parede atrás de mim, e, sentindo o absoluto isolamento em que me colocavam, e que compreendia ser invencível, saí sem lhe dirigir a palavra.

Mais tarde, apresentei-me como se não a tivesse visto ainda, e nos falamos com a cordialidade vulgar da hospitalidade sertaneja.

Mas o seu riso disperso, ausente, a sua voz cerimoniosa, que parecia ser a voz das coisas que a cercavam, não me podiam deixar ilusões sobre a persistência da muralha invisível que se erguera entre nós, pela manhã, impedindo que nos reconhecêssemos.

V

Foi assim que levei muito tempo sem saber se ela era agora viúva, solteira ou mesmo casada.

Um dia, quando a surpreendi sentada no chão, com o vestido aberto em roda, e tendo ao colo uma velha caixa para guardar botões, com muitos e pequenos compartimentos interiores, cada um com seu tampo, em madeira modestamente incrustada de madrepérola, formando flores de fantásticos contornos, vi em suas mãos duas alianças, simples e de modelo antiquado.

Perguntei-lhe se eram dela.

Olhou-me primeiro com a natural desconfiança das mulheres do sertão, para com as pessoas estranhas que interrogam, e disse, sem a menor entonação em sua voz um pouco rouca:

— Não sei... já faz tanto tempo que as tenho que não me lembro se são minhas ou eram de minha mãe.

— Elas não trazem nada escrito – murmurou em seguida, e remirou longamente, pensativamente, os dois anéis que se encaixavam um no outro, e eram de ouro vermelho e bárbaro.

Percebi que sua atenção estava muito longe de tudo que nos rodeava, e um sonho antigo, surdo, monótono, distante, a dominara, em estranha hipnose interior.

VI

As montanhas correm agora, lá fora, umas atrás das outras, hostis e espectrais, desertas de vontades novas que as humanizem, esquecidas já dos antigos homens lendários que as povoaram e dominaram.

Carregam nos seus dorsos poderosos as pequenas cidades decadentes, como uma doença aviltante e tenaz, que se aninhou para sempre em suas dobras. Não podendo matá-las de todo ou arrancá-las de si e vencer, elas resignam-se e as ocultam com sua vegetação escura e densa, que lhes serve de coberta, resguardando o seu sonho imperial de ferro e ouro.

VII

De repente, o golpe de olhos que Maria Santa me lançou, vivacíssimo, por entre as pálpebras semicerradas, despertou-me.

Recuperei minha atenção, adormecida pelo sossego que a envolvera toda, tão "habitual", tão de acordo com o casarão enorme.

Suas salas gigantescas e toscamente construídas eram mobiliadas com raros móveis muito grandes, de pau-santo, rígidos e ásperos, dando a impressão de que os avós de Maria, seus antigos possuidores, levavam uma vida de fantasmas, em pé diante da vida, só se sentando ou recostando, quando doentes, para morrer.

Era uma casa feita de acordo com o cenário de montanhas que a cercavam de todos os lados, e não feito para servir de quadro e abrigo para os homens que a tinham construído com suas próprias mãos.

Tudo se conservava nos mesmos lugares, há muitos e muitos anos, e não era o amor que talvez tivesse tido aos seus mortos, ou a saudade deles, que mantinham suas lembranças perpetuamente na mesma posição.

Isso tornava-se evidente quando Maria dizia com voz muito igual:

— Foram de minha mãe... eram de meu avô... compraram para o casamento de meus pais... todos já morreram...

Não se sabe por que, ninguém podia dar-lhes outra posição, e tudo se imobilizara em torno dela, prolongando, indefinidamente, as vidas indecisas, obscuras, indiferentes, que os tinham formado e arrumado, e para os quais ela era uma estrangeira distraída, que se deixara ficar entre eles.

VIII

A caixinha de botões escorregou de seus joelhos, e, sorrindo para as diversas peças, que se espalharam no assoalho grosseiro, de grandes tábuas, Maria Santa contou-me que tinha sido trazida do Rio de Janeiro, por seu padrinho, como presente.

A tampa da caixa maior, que continha as outras, caiu a meus pés.

Abaixei-me, e, por instintiva curiosidade, li o carimbo da casa que a vendera. Era de Ouro Preto.

Coloquei-a de novo no regaço de Maria, sem nada dizer, e sem que ela, que me vira lendo os dizeres do carimbo, me explicasse a diferença entre sua afirmação e o que nele estava escrito.

Senti uma violenta cólera subir-me à cabeça. Mas, diante da luz verde e tranquila de seus olhos, acalmei-me.

E a inquietação e o intolerável sentimento de insegurança que me afligem quando interrogo alguém fizeram com que me calasse.

IX

Já muitas vezes eu perguntara a Maria coisas de seu passado, e ela me respondia com aparente distração, de modo vago, como se se referisse a alguém de muito longe. Ou então, animada, risonha, com intermináveis detalhes, explicava-me fatos que não tinham relação com o que eu perguntara, e não me interessavam de todo.

Assim, o sortilégio desesperado que eu sentia crescer em torno de mim, e no qual me sentia dissolver, não me deixou, desde logo, compreender toda a extensão e importância do papel que tia Emiliana representaria, posteriormente, em minha vida.

Conhecendo a razão de sua presença, aquele funesto encantamento, que seria um grilhão a mais, não se teria apoderado de mim de tal forma que se tornou um remorso antecipado, uma previsão amarga de muitas coisas que só aconteceram em meu espírito.

X

Viera de muito longe, tia Emiliana.

Logo que, através do sertão de montanhas, por aqueles vales de silêncio e de mistério, chegara até ela a notícia da santidade em formação da sobrinha, a estranha lenda que se fizera em torno de sua moléstia e dos crimes que a precederam, a velha senhora pusera-se a caminho.

Depois de longa viagem, surgira de improviso, como se viesse cumprir um destino novo e imperioso.

Entrara em casa de Maria Santa com a autoridade que sempre conservou, desde então, como se já conhecesse todos os seus recantos e os costumes de seus moradores.

Sem a menor efusão, de cabeça erguida, benzera-se diante das imagens penduradas nas salas, e, dirigindo-se a Maria, que seu instinto já lhe designara como a predestinada, apenas tocou-lhe os ombros, numa saudação gelada.

A dureza nervosa de seu corpo, o olhar extinto, os movimentos e gestos, toda a sua atitude tinha um fim, um sentido lúcido e forte, que não compreendíamos ainda.

XI

Quando quiseram erguer a pequena canastra de couro preto, com pregos de latão formando desenhos e dizeres, ela fez um gesto aflito com as mãos (o primeiro que não parecia preparado e refletido), e a criada negra que já a tinha soerguido com facilidade pousou-a de novo no soalho, com infinitas precauções, como se ela, sob o olhar intenso de tia Emiliana, se tivesse tornado imensamente pesada.

Maria Santa, nesse dia, estava perfeitamente boa.

Fora com uma vivacidade, que nunca lhe vira, ao encontro da parenta. Quis ajudar também a carregar a canastra, enganada, sem dúvida, pela pequena cena muda que se passara diante de nós, tão expressivo tinha sido o gesto da mucama.

Tia Emiliana ficou calada e imóvel diante da iniciativa de Maria, e deixou que erguessem a pequena bagagem, ela e a negra.

Acompanhou as duas, lançando olhares furtivos para um e para outro lado.

Quando viu toda a carga que trouxera depositada no quarto que lhe fora destinado, voltou-se bruscamente para sua sobrinha e, com um modo ao mesmo tempo solene e tímido, como se estivesse diante do altar da Virgem, ajoelhou-se e beijou-lhe as mãos, dizendo, com a voz sufocada por esquisita emoção:

— Oremos, Maria, porque eu quero agradecer ao Divino Criador sua proteção sobre esta casa.

E ali mesmo, assim ajoelhada, pôs-se a murmurar algumas orações muito longas e que me pareceram pouco usadas.

Nunca as ouvira, apesar de sua forma familiar.

As duas mucamas negras, a de Maria e a que tia Emiliana trouxera, e que ainda não se haviam falado, tinham-se encostado aos umbrais do quarto, com a liberdade dos criados sertanejos. Também se ajoelharam e, sem alcançarem o sentido do que se passava, puseram, com simplicidade, as mãos em cruz sobre o peito, e repetiram baixinho, olhando com medo novo para Maria Santa:

— Orai por nós, orai por nós...

XII

Tia Emiliana conservou, desde então e sempre, diante da sobrinha, quando se achavam presentes pessoas estranhas ou os empregados, a mesma atitude reverente e misteriosa.

E, dentro em pouco, toda a cidade repetia a meia-voz que Maria era mesmo santa, firmando-se o seu nome, que a acompanhou até o fim.

XIII

A embriaguez orgânica de alegria e de esquecimento imprevisto que me trouxera a chegada de tia Emiliana e de suas ideias desapareceu um dia, subitamente, ao me anunciarem que o juiz se achava na sala, à nossa espera, pois desejava falar com Maria Santa e comigo, prescindindo da presença da velha senhora.

Era ele uma das pessoas que representavam, para mim, todo o passado de remorso e de ideias negras, e a notícia de sua breve partida fora como o anúncio de uma aurora próxima na noite que se formava em meu espírito, escurecido por suspeitas e secretos receios.

Fui para a sala, onde ele nos esperava, com uma pergunta que se repetia mil vezes em minha cabeça, insistente, enervante.

Resolvi interrogar Maria Santa, teimosamente, até que me respondesse com clareza.

Com a preocupação que me absorvia, entrei, cumprimentando o velho senhor, e sentei-me, com a atenção adormentada, rondando em torno da mesma interrogação, à espera de que o importuno, que há pouco me amedrontava, se retirasse.

Num movimento de impaciência, prestei atenção ao que me cercava, caindo, bruscamente, na realidade.

O juiz contava a Maria Santa a sua parte na revolta de Saldanha da Gama, e essa aventura magnífica, contrastando com a irrisória miséria dos outros movimentos da República, transformava-se, em sua boca, numa longa e confusa parlenda.

Devia repetir pela milésima vez a sua história, porque falava com firmeza, marcando bem as palavras, como se depois de correr e perder-se em muitos atalhos, desconhecidos e incertos, tivesse finalmente entrado em uma estrada ampla e batida, trilhada por ele próprio muitas vezes.

Na sua testa redonda e lustrosa, começavam a surgir pequeninas gotas de suor, que se mantinham, um momento, imóveis, e depois desapareciam subitamente, como se fossem de novo absorvidas pela pele porosa.

XIV

Lá fora o sol incendiava as pedras de ferro da calçada, e as janelas bordavam-se de fios de ouro reluzente.

Como sempre, suas grossas portadas de madeira antiga estavam cuidadosamente cerradas, segundo as ordens de Maria Santa. O casarão era todo apenas clareado pelos recortes em forma de coração, ou em losangos, que se abriam toscamente, ao alto, em plena madeira, e pela imensa claraboia, de telhas enormes, do corredor que dividia a casa em duas partes quase independentes.

Que calor!

Tudo se confundia no ar abrasado, como em um deslumbramento, e, no meu cérebro, os pensamentos uniam-se, espessos, pesados, como se tivessem preguiça de se formar completamente, de se desembaraçar uns dos outros.

Em vez de se destacarem, caíam amolecidos, inertes, emaranhados.

Poderia jurar que um besouro voava pela sala, tentando fugir, porque o seu zumbido monótono reboava em minha cabeça...

Mas, de repente, o ruído crescia, tornava-se muito alto, ameaçador, espantoso, e eu tinha a sensação, súbita, de uma queda brusca, despertando em sobressalto, com o silêncio que se fazia na sala, por um segundo.

O juiz prosseguia falando sempre, e o rumor de sua voz, prolongando o zonzonar que me enchia os ouvidos, dava-me, logo depois, uma impressão de irreal, de fantástico.

O rosto e os olhos de Maria Santa, perdendo, como os de um gato em repouso, pouco a pouco, o seu brilho, completavam a esquisita sensação que sentia.

XV

Saldanha da Gama, até o dia 15 de junho, dia da revolta, nada resolvera, e não se sabia se seria ele o chefe.

E eu acompanhava, vendo-a dentro de mim, a série interminável de visitas a uns e a outros, as conversações e as hesitações, o percurso das ruas, os comentários, tudo por tal forma, que via com real nitidez aqueles homens graves, um pouco ridículos, de calças brancas, sobrecasaca, colarinho alto de borracha e cartola de seda, a andar solenemente pela cidade, transpirando lamentavelmente.

Mas, era em junho? E estamos em outubro...

Decerto não estariam tão suados, nem usariam colarinhos de borracha, refleti, rindo silenciosamente.

(Saldanha da Gama, ministro da Marinha, rompera com Floriano Peixoto, ditador.)

Os conspiradores procuraram o almirante e o intimaram a assumir a chefia do movimento que se preparava surdamente contra a sombria prepotência do marechal.

A voz monótona do juiz perdia-se no zum-zum do besouro incansável, que devia teimar em fugir pelos vidros das janelas de guilhotina.

O calor chegara ao auge, e a sala parecia vibrar.

XVI

Só então surgiram a meus olhos os retratos que pendiam das paredes, de longos cordões vermelhos, presos a ganchos profundamente enterrados na cimalha.

No maior deles, dona Maria Rosa, de vestido preto de pregas, o corpete apertado, o decote quadrado muito aberto, cercando o colo amarelo e enrugado, a boca cerrada voluntariosamente, como a cicatriz de uma navalhada, parecia eternamente à espreita, com seu olhar de soslaio, escrutador.

A cabeça pendia para a frente, num esforço para escutar bem, não perder uma só palavra, nem qualquer intenção oculta de quem falasse.

E sua imagem, rudemente emoldurada, era o único ouvinte atento que tinha o juiz.

Só aquela figura impressionante, seca e severa, pintada com ingênua exatidão, presa entre pobres dourados, parecia prestar atenção, em sua curiosidade sempre insatisfeita, aos conselhos e dúvidas do almirante indeciso.

Do retrato, o meu olhar desceu para Maria Santa, e notei então a semelhança esquisita que havia entre a avó e a neta.

Sendo os seus traços tão diferentes, havia, entretanto, entre eles, uma concordância visível, mas inexplicável.

Dona Maria Rosa fora uma mulher má, inexorável, de estranho humor.

E vi surgir no rosto lívido de Maria Santa, com a boca sumindo-se numa dobra, a vida que faltava ao quadro.

A fixidez das pupilas, que rutilavam na sombra das arcadas superciliares, tornou-se enervante, intolerável, mesmo para mim, que não estava no raio de sua luz mortal.

Senti a fascinação irresistível daquele olhar de cólera gelada, que se abatia, como um florete de aço agudíssimo, sobre o rosto do juiz.

Este, de súbito, como deslumbrado, perdeu a calma, a tranquilidade convencida, e pôs-se a balbuciar, a espaçar as frases.

— O almirante… à última hora… já ninguém mais tinha esperanças… e quando disse… pondo as mãos no encosto de uma cadeira…

Eu contemplava as suas pobres pálpebras hesitantes, as rugas moles, a boca empastada, cujos lábios se moviam com dificuldade, abrindo-se mais de um lado que do outro, como se quisesse poupar as palavras.

Afinal, aos poucos, ele parou, e olhou para Maria Santa, numa expectativa angustiosa.

Instintivamente voltei-me para ela. O seu rosto tornara-se vermelho, de súbito, e os olhos, cada vez mais fundos, brilhavam loucos, metálicos.

Ela desviou-os lentamente do juiz, e os nossos olhares acompanharam a trajetória do seu, até um pesado castiçal de cobre, pousado sobre uma antiga credência de orelha-de-onça, guarnecida de espelhos manchados, que se achava por trás da cadeira do juiz.

XVII

Senti um calafrio percorrer o meu corpo, como se a visse sacar das dobras do vestido um punhal, e percebi que o pobre homem também tivera a mesma impressão de perigo.

Ficou algum tempo imóvel, calado, e depois endireitou-se na cadeira, pois tinha-se voltado para ver o castiçal ameaçador, e levantou-se com precipitação, balbuciando algumas palavras incompreensíveis.

Estendeu-nos a mão, sem reparar que estendia, ao mesmo tempo, a sua velha bengala, toda cheia de nós, com iniciais de prata muito grandes, encimadas pelo emblema da justiça.

Na porta, como se a proximidade da rua iluminada, reverberante de sol, lhe restituísse a calma, voltou-se, agora risonho, e disse:

— Já sabem que o almirante aceitou e… o resto. Adeus.

Afastando-se, disse-nos de longe, já na rua:

— Eu hei de voltar e esclarecer muitas coisas!

XVIII

Maria Santa ouviu essas palavras em pé, na soleira da porta, ao meu lado.

Tinha a cabeça baixa, mas, ao erguer o rosto, vi que estava pálida, com os lábios apertados. Fechou a folha da porta com impaciência, apagando brutalmente a visão da cidade, que se recortara por momentos, entre os batentes, em poderosos contrastes.

Casas berrantes de oca, ao lado de paredes alvíssimas, cegas de luz, trepando em desordem pela rua em forte ladeira, ao encontro do edifício da cadeia, muito grande, espapaçado lá no alto, todo cheio de sinais misteriosos, traçados em suas velhas paredes pelas crianças, pelo tempo e pela umidade.

Parecia o crânio apodrecido de uma caveira ali enterrada há muitos anos, acocorada, à moda dos índios, no cimo do morro, e que as chuvas e enxurradas fossem descobrindo lentamente.

Eu já fizera Maria Santa observar essa semelhança, aumentada ainda pelas duas únicas janelas, enormes e gradeadas, que nos espreitavam de longe, hostilmente.

Quando chovia, as águas formavam logo um riacho, que corria pela sua base, formada de pedras irregulares, como grandes dentes maltratados, quase desprendendo-se do gigantesco maxilar...

— A caveira está babando – dizia eu, a olhar através dos vidros embaciados pela chuva –, e a sua baba vem até aqui, até a porta da casa.

Maria Santa olhava-me calada, e, depois de leve hesitação em suas pupilas, eu vi de novo fecharem-se um a um os refolhos de sua alma.

A minha alusão ao último crime fora demasiado direta...

Primeiro os olhos se apagaram; depois a boca, que se abandonou, pouco a pouco, caindo nos cantos, impessoal, impenetrável; finalmente as mãos, que se imobilizaram num gesto bizarro.

XIX

Crime? A sua lembrança fora se apagando em mim, como um ruído que se afasta.

Muitas vezes me interroguei com surpresa, sem saber que responder às minhas próprias perguntas.

Já ninguém se lembraria, certamente, de nada...

Mas alguma coisa existia sempre em minha vida, e a figura contraditória de Nico Horta vivia, latente, ao meu lado, ocultando-se em meandros de minha memória, cercando-me e confundindo-me disfarçada em ideia de morte, de suicídio, ou em pressentimentos vagos e misteriosos.

E seu bafo morno e espesso, muitas vezes, roçara o meu rosto, no silêncio de noites inquietas...

Agora, a última frase do juiz retumbara em meus ouvidos, penetrando-me na mente e nela se esculpindo, gravada por aquelas mãos curtas e peludas.

(Hei de voltar e esclarecer muitas coisas!)

Serão as mesmas "coisas" que nos atormentam, perguntei eu, no dia seguinte, à minha imagem, refletida no velho espelho do quarto. E resolvi desde logo interrogar Maria Santa.

Fui à sua procura, atravessando apressadamente as salas vazias e sonoras.

XX

Encontrei-a assentada na rede, no jardim, imóvel como tudo que a cercava.

A sombra da árvore onde se prendia a rede, cujo gancho de ferro se enterrava profundamente em seu cerne, era como uma pele de onça estendida na terra, mosqueada pelas manchas de ouro do sol, que estremecia ao passar por entre os interstícios das folhas.

A casa, a árvore, as outras plantas no terreno em declive, que chamávamos jardim, o próprio rio, e, para lá dos muros de taipa, cobertos de grandes telhas enegrecidas, toda a cidade dorme ainda, sufocada pelo calor da manhã.

Sentei-me no chão, ao seu lado, e também fiquei imóvel, na modorra invasora e irresistível daquela hora.

A rede, ao lado do bojo formado pelo corpo de Maria Santa, apresentava uma saliência esquisita, como se alguma caixa oblonga estivesse comprimida entre seus braços e o tecido.

Estendi as mãos e percebi que era o meu violão, que ali esquecera, e que nunca pudera tocar, pois Maria Santa, desde sua primeira crise, não queria ouvir outros ruídos que não fossem os costumeiros.

Pedi-lhe que me desse o violão, e vi que ela fazia um movimento para retirá-lo, e, de repente, seus dedos se encurvaram transformando suas mãos em garras trêmulas, e seu rosto se decompôs assustadoramente.

Esperei em silêncio, e desviei os olhos, porque a angústia que via nos seus, o desejo incomensurável de me ocultar o que se passava em sua alma era tão doloroso e tão patente, que senti ser meu dever fingir que nada percebera.

Pouco depois, ouvi que soluçava baixinho, tendo envolvido a cabeça nos longos e franjados babados da rede.

Dolorosa curiosidade sacudiu meus nervos, e, sem pensar, como se algum demônio falasse por mim, repeti alto e brutalmente a pergunta que me perseguia desde a véspera, apenas modificada por novas reflexões:

— O juiz sabe realmente de alguma coisa?

XXI

Ouvi ainda seus soluços por alguns instantes, mas, pouco a pouco, eles diminuíram, e Maria Santa acalmou-se.

Finalmente pude ver-lhe o rosto muito pálido, mas, como sempre, indiferente, sem um vestígio sequer das lágrimas que deveria ter derramado em abundância.

O seu semblante tinha o característico das mulheres das serras, com as maçãs muito salientes, a boca reta, os olhos oblíquos, acentuando os cabelos intensamente negros a vaga semelhança que se lhe notava com as mulheres mongóis.

Essa semelhança tornava-se flagrante quando mantinha as pálpebras abaixadas.

Mas o seu olhar verde, inconfundível, impressionante, iluminando com sua luz misteriosa as sombrias arcadas superciliares, que pareciam queimadas por ela, dizia logo a sua origem cruzada e decantada através das misérias e dos orgulhos de homens de aventura, contadores de histórias fantásticas, e de mulheres caladas e sofredoras, que acompanhavam os maridos e amantes através das matas intermináveis, expostas às febres, às feras, às cobras do sertão indecifrável, ameaçador e sem fim, que elas percorriam com a ambição única de um "pouso" onde pudessem viver, por alguns dias, a vida ilusória de família e de lar, sempre no encalço dos homens, enfebrados pela procura do ouro e do diamante.

Toda a cidade, na sua longa decadência de oitenta anos, oito séculos na América jovem, não era mais que um desses "pousos" alcantilados nos cerros de pedra de ferro, enormes e maciços para-raios.

Maria Santa endireitou-se na rede e consertou os babados do vestido com estudada meticulosidade.

Parecia ingenuamente interdita, e dentro em pouco os seus lábios se franziam, como se contivesse um sorriso.

— Tia Emiliana – começou – naquele tempo...

— Não me fale em sua tia Emiliana – interrompi com violência. — Ela não estava na cidade naquele tempo!...

XXII

— Não sei por que você se preocupa tanto com essas coisas – disse ela, molemente, depois de uma longa pausa, e prendendo o sorriso que lhe viera aos lábios –, eu já me esqueci de tudo...

E fixou em mim os grandes olhos ausentes, e, sob sua luz verde, senti-me gelar, verificando que éramos apenas como dois seres que viajaram lado a lado, muito perto um do outro, mas sem se verem, e, de repente, a um choque exterior, que os sacode ao mesmo tempo, se entreolham com espanto, fria e hostilmente, sem uma ideia comum, unicamente irmanados, um instante, pela dificuldade surgida.

Uma vez ultrapassada, voltam a caminhar juntos, mas agora com a certeza secreta de que são estrangeiros, e talvez inimigos um do outro.

— Eu não me esqueci de Deus – murmurei com amargura, depois de lenta e inútil reflexão – e, apesar de sentir que o que dizem aqueles que de mim se aproximam estreita e apaga a imagem divina, tornando cada vez mais afastado o seu conceito, apesar da luta que tenho sustentado, em minha fraqueza, para ser leal comigo e com a verdade, não consegui um orgulho bastante para me sustentar, e esse "tudo" que você esqueceu tão depressa e tão facilmente, pesa sobre mim, sufocando qualquer alegria futura, qualquer iniciativa de vida nova...

"Lá na grande cidade onde eu estava, o passado devia ter cessado a sua fuga, e, assim imobilizado, fazia-me apenas pressentir a sua volta próxima.

"Tive tréguas de calma inconsciência... – prossegui, como em sonho, sem saber ao certo o que dizia – mas, depois, como o voo importuno de uma mosca, sempre pronta a pousar, alguma coisa surgiu em minha vida, e, dentro em pouco, essa importunidade, em vez de enfraquecer, cresceu e tornou-se mais frequente, cada vez mais frequente.

"Que trabalho estranho parecia completar dentro de mim, fora de minha vontade!

"Era o caminhar lento, progressivo, irresistível, de um raciocínio encoberto, que vinha à luz de quando em quando, sem que eu pudesse abafá-lo. O mal invisível, prosseguindo em seu trabalho incessante, lançava, cada vez mais próximos, sinais de advertência, em sensações imprevistas e dolorosas de inquietação e desconfiança.

"Depressa, a angústia pequena se afastava, mas não demorava a voltar, latejando, revivendo com raiva o mesmo passado longo e disperso.

"A dor de tê-lo vivido, a vontade insatisfeita de arrancá-lo de minha carne retomaram, em um só dia, o lugar abandonado à cabeceira de minha pobre cama, onde me deitara tranquilamente, por alguns anos...

"De longe, os fatos se concatenavam e esclareciam, mostrando o fio oculto que os ligava, e convenci-me de que não só enganara a toda a gente, como a mim, principalmente, em minha calma de quem, voluntariamente, não compreendera a própria falta..."

XXIII

— É verdade – disse Maria Santa.

E eu despertei como de um pesadelo, e percebi que deveria ter recitado o que dissera, como no teatro, tomando, insensivelmente, as entonações e gestos convencionais dos artistas.

Maria Santa, abstraída e conservando sempre o seu meio sorriso, interrompera-me com ligeira impaciência, e agora tomava a atitude discreta e embaraçada das pessoas que querem e não querem, ao mesmo tempo, que nos apercebamos de que elas nos acham risíveis.

— Sei que você tem sofrido muito – continuou, fazendo os mesmos movimentos e tomando o mesmo timbre de voz que eu –, sei que você tem sofrido, e que o "sombrio mistério de sofrimento e mal moral" de que você me tem falado tantas vezes...

Parou de falar, e fechou os olhos ruborizada, como se revivesse uma visão vergonhosa, e a sua voz tornou-se, de repente, sincera e trêmula, quando murmurou: "tenho pena de nós...".

Reabrindo os olhos depois, disse-me, com tranquilo desdém:

— Mas você continuou – e repetiu – você continuou...

XXIV

— Quer que lhe diga a verdade? – perguntou-me já com o tom firme e rouco de sempre.

Compreendi que estava armada e pronta para mentir, friamente, calculadamente, e senti que uma cólera súbita me obscurecia o espírito, diante da humilhação da denúncia inútil e talvez insincera em que me deixara trair e envolver.

— O juiz sabe de tudo! – gritei, odientamente.

Maria calou-se e pareceu refletir, e, nesse instante, como se tivesse ouvido o seu nome, como se alguém a chamasse, tia Emiliana desceu com precaução os degraus da escada e veio, com a sua banqueta escondida nas dobras da saia, até a sombra onde estávamos e sentou-se com a maior calma.

Tirou do bolso um papelão cortado em forma de estrela, onde tinha colado previamente uma imagem de São Pedro, e, segurando bem alto um grosso novelo de linha escarlate, pôs-se a enrolá-lo em torno das pontas da estrela, fazendo assim uma trabalhosa e interminável moldura para a pequena estampa sagrada.

— Estive rezando as minhas ladainhas, e agora vou descansar um pouco – explicou ela.

"De que estavam falando?"

Seria capaz de jurar que ela estivera nos espreitando, e escutara, às escondidas, as nossas palavras. Mas decerto era essa uma suposição absurda.

Como poderia ela ouvir o que dizíamos, se estava no interior da casa, e nós no meio do jardim desmantelado, sem plantas que escondessem alguém, e cercado de altos muros de pedra?

Mas aqueles olhos pequeninos, que pareciam espiar lá de dentro das poucas carnes e dos ossos daquele rosto magro e seco, despertavam a ideia de espreita e traição.

— Que é que estavam conversando – repetiu com afetada desconfiança –, que segredo será esse? – e fez um muxoxo de desprezo.

— O juiz trouxe uma quitação do antigo procurador para eu assinar – respondeu tranquilamente Maria Santa –, mas eu não quis porque não sei ainda a razão dessa exigência, por que ele quer esse papel. Expliquei com cuidado ao juiz que não poderia tomar essa resolução sem primeiro consultar um advogado, e sobretudo a senhora.

E vi com espanto Maria tirar do seio um papel, do qual não me lembrava, e contar muitas coisas que fizera e dissera, e que eu não tinha visto nem ouvido, apesar de ter tido os olhos bem abertos e os ouvidos atentos.

Tia Emiliana deixou o seu complicado e inútil trabalho, colocou cuidadosamente os seus óculos de aro de prata, que trazia sempre no bolso da saia, em uma caixa também de prata, e examinou longamente o papel.

— É preciso que você veja bem o que vai assinar – disse ela por entre dentes –, com certeza esse homem quer enganar a você, e não é à toa que ele tem pressa em se ver livre, com um documento desses!

— Mas o juiz disse-me que devia assinar... – observou Maria, que tomou um ar subitamente interessado, como uma pessoa que vai comparar duas opiniões contrárias, para verificar qual a melhor.

— O juiz não aconselharia você a fazer isso, se tivesse religião! Ele não vai à igreja e não dá esmolas a ninguém.

— Você não deve assinar coisa alguma – prosseguiu tia Emiliana em tom peremptório, e fez-se vermelha de indignação. — Deixe que o juiz vá embora, e tudo ficará na mesma.

Parou um momento de falar.

Depois, tomou o seu ar costumeiro e desolado de quem é forçado a repetir com frequência coisas irritantes, diante da incompreensão das criaturas que o cercam, e acrescentou:

— De resto, você não deveria ter ido à sala... não convém que você converse com todo o mundo. Basta já o que vai aqui por casa, muito contra a minha vontade... e contra a vontade de Nosso Senhor.

E voltou a enrolar, agora lentamente, o cordão vermelho em torno da gravura de São Pedro, e os seus movimentos compassados contrastavam singularmente com os numerosos tiques que surgiram em seu rosto, e com a velocidade de seus lábios, que se moviam rapidamente, como se rezasse orações já muito sabidas e repetidas.

Os óculos, que erguera sobre a testa, lançavam reflexos vivíssimos, com a velocidade de um farolete, desses que indicam pedras perigosas, a cada gesto ritmado de sua cabeça, para diante e para trás, seguindo as direções que tomava a linha.

O sol abrandava, e, atrás dos muros, a pequena cidade acordava da sesta do meio-dia.

XXV

Há muitos anos que Maria Santa não saía de casa, e talvez muita gente a julgasse entrevada, pois, além de as janelas do grande edifício não se abrirem nunca, as negras contavam às suas comadres, na saída da missa, que ela passava dias seguidos fechada em seu quarto, recebendo na porta a salva de prata onde lhe arrumavam as refeições.

E toda a pequena cidade pôs-se a olhar com instintivo respeito a enorme fachada do sobrado, de onde tinham saído tantos enterros, tão discutidos e comentados, e parecia ele próprio cercado de túmulos, pois, entre as pedras agudas do calçamento das ruas, as lajes que o rodeavam branquejavam como grandes lousas, de aspeto sepulcral.

Tia Emiliana dera uma vida nova e misteriosa à casa adormecida, que passou logo a ser o centro íntimo da cidade.

Todos os dias, surgia à janela baixa, lá nos fundos da casa, que se estendia por certa travessa enrelvada, terminando em pleno vale do rio próximo, e os raros passantes, no princípio, paravam para conversar com ela.

Quando falava, fazia um movimento esquisito com a boca, como se quisesse prender com os lábios a dentadura frouxa, tal as pessoas pouco habituadas ao aparelho colocado recentemente.

Mas não tinha um só dente, e podia-se ver, às vezes, as suas gengivas muito brancas e inteiramente nuas.

E a pequena janela baixa lá nos fundos, em seu vale descampado, tornou-se rapidamente o ponto de encontro dos velhos, dos doentes, de todos os infelizes da povoação e seus arredores.

Tia Emiliana aconselhava-os e recebia, sem nunca deixar transparecer o menor enfado ou cansaço, pedindo apenas, com infinita paciência e precaução, como uma recompensa de seus cuidados e de seus remédios, que rezassem por Maria e pela perfeita finalidade da Missão que recebera.

Encolhida na sua banqueta, estava lívida.

Mas a sua cólera passou depressa, e foi com cansaço e indizível tristeza que ela disse, levantando um dedo:

— Esses seus pensamentos é que não são cristãos, minha filha, e fazem mal até aos que os ouvem, e você não pode pensar nem dizer essas coisas...

Depois, como se falasse consigo mesma:

— Principalmente em voz alta...

E, virando-se para mim, com infinito desdém, acrescentou, movendo de leve seus lábios secos:

— Felizmente ninguém nos ouve... Mas você não deverá nunca mais repetir o que disse; eu devo sempre avisar, e, um dia, quando não estiver mais aqui...

XXVI

Eu a via agora, com seus gestos regulares, para lá e para cá, enrolando o fio em torno da figura sagrada.

Lembrava-me vagamente de minhas leituras antigas, onde passavam bruxas e feiticeiras de terras longínquas.

Ela media os movimentos dos braços com admirável precisão e gesticulava apenas o necessário, fazendo tilintar uma infinidade de argolas de ouro e prata, que usava enfiadas nos punhos.

— Hoje deve chegar o Manuel Tropeiro com as encomendas que fiz – observou ela depois de largo silêncio –, e não sei bem como devo fazer... Talvez seja melhor consultar alguém que me ajude e esclareça – acrescentou com fingida humildade, olhando para mim.

— Mande chamar o padre Olímpio – murmurou timidamente Maria Santa, que parecia receosa de mostrar-se demasiado interessada, e despertara de seu sonho habitual.

— Não! – respondeu tia Emiliana em tom cortante, e o seu rosto impassível tomou uma cor cinzenta, cavando-se, de repente, duas rugas más nos cantos da boca.

— E por que não o padre Olímpio? – perguntei eu, com calculada impertinência, tentando reanimar a conversação, cortada cerce por aquela brusca negativa. Mas a velha senhora lançou-me um olhar envenenado, e abaixou a cabeça, com frieza ainda mais calculada do que a minha imprudência.

— Padre Olímpio é um pobre homem – disse Maria Santa, a meia-voz, sem olhar para ninguém, como se contasse a si própria uma história indiferente, que se tivesse passado há muito tempo, com pessoas mortas anos atrás – e é um pobre padre também... Ele não é virtuoso, é como Jesus... mas a gente daqui não sabe o que é isso e não compreende como se pode ser infeliz sem que nada tenha acontecido em sua própria vida. Ele sofre do remorso alheio, sem saber para que nem por que vive...

Tia Emiliana riu-se, e olhei-a com susto, porque me parecera ouvir o cascalhar de uma cobra.

XXVII

Eu contemplava-a, zombeteiramente, estudando com insolência o seu ar melancólico e reticente, muito humilde.

Mas logo ajeitou-se na banqueta e, retomando o modo autoritário e ríspido de sempre, prosseguiu, olhando de soslaio para mim:

— Não quero que pessoa alguma, ninguém, receba as minhas encomendas, a não ser eu mesma, eu própria. Você deve dar ordens, imediatamente, nesse sentido. É indispensável – e levantou-se.

"Padre Olímpio é filho do demônio. Deus me perdoe" – ajuntou, ao passar perto de mim, e foi para dentro, deixando atrás de si um leve cheiro de incenso, vetiver e outras plantas aromáticas.

— Tia Emiliana vai para a gaveta – disse eu, repetindo um velho gracejo, porque me parecia que a pobre senhora não se deitava em sua cama, à noite, como toda a gente, mas era guardada por qualquer fada má, no gavetão da cômoda ventruda de seu quarto, com saquinhos de alcanfor e de ervas em torno.

Porque seu quarto era guarnecido por um desses móveis enormes, que as igrejas do sertão guardam como caixa-forte de suas alfaias e paramentos.

— Tenho curiosidade de saber o que contêm os tais caixões.

— Que caixões? – perguntou Maria Santa, com a cabeça outra vez escondida nos babados da rede.

— Manuel Tropeiro já descarregou as famosas encomendas de tia Emiliana, e são duas caixas muito grandes, de pinho, compridas, e parecem cheias de palha. São muito pesadas, devendo ter dentro alguma coisa de quebrar. Manuel Tropeiro descarregou o carro de bois no escuro, durante a noite, e com homens que trouxe da outra cidade, e para lá voltaram imediatamente.

Maria tirara a cabeça de entre os babados da rede e, levantando o rosto, escutava-me com visível aborrecimento, como um doente ouviria a descrição dos ferros e lancetas que o iriam martirizar.

— Os homens foram pagos e despachados hoje mesmo, de modo que ninguém sabe que chegou coisa alguma aqui – insisti eu. — Mas o interessante é que tia Emiliana não pode calcular que eu estava à janela de meu quarto e vi o que se passava no pátio.

— Ela quer me enganar – prossegui, animando-me –, mas eu sei muito bem que...

— Ela não quer enganar pessoa alguma – interrompeu-me Maria Santa, bruscamente, e a impaciência que a agitava fazia com que sua voz tremesse –, ninguém quer enganar a ninguém... O juiz trouxe o papel para eu assinar e eu não quis!

— Não duvido disso – disse sorrindo, mau grado meu –, mas sei perfeitamente que tia Emiliana me detesta, e não quer que eu saiba de nada que se passa nesta casa.

XXVIII

Outro dia nossos olhos se encontraram, quando nos achávamos em uma das salas internas. E sentimos que eles nos denunciavam, simultaneamente.

— Mas aqui nada se passa! – exclamou Maria Santa, com febril impaciência. — E eu não quero saber das mentiras que me cercam, ou que quem quer que seja venha me contar!

Era estranha a crescente perturbação que se fazia sentir em sua voz e nos seus olhos, que se desviavam medrosamente dos meus, enquanto eu a seguia, acompanhando o ritmo maquinal de seus passos muito largos, um pouco arrastados, pois estava abstraída do que a cercava, tirando de seus lugares a manga de vidro, os castiçais e as flores de madrepérola, que nunca saíam de sobre os aparadores.

Andamos assim por algum tempo, até que sua agitação se acalmou de repente, e, com um meio sorriso, ela parou diante de mim, envolvendo-me com as emanações de seu corpo e de seu vestuário, que formavam um perfume esquisitamente místico:

— Você odeia tia Emiliana e quer...

E chegou-se bem perto de mim, roçando-me quase com seu vestido monacal, e acrescentou, ciciando com mistério:

— Eu sei o que é, mas não são todos os que recebem a Graça.

Fitei-a com espanto, e só então, como uma revelação, notei que modificara o seu penteado de tantos anos, os cabelos bem puxados para trás, sem uma onda, sem um repartido que suavizasse a sua violenta simplicidade.

Agora o seu rosto aparecia-me emoldurado por dois bandós muito lisos e negros, lembrando uma dessas imagens litográficas de "Madona" popular, de uma tocante banalidade. Mas em Maria, o contraste entre sua pele morena e pálida, os seus olhos muito verdes, iluminados interiormente, e o negror de sua cabeleira, caindo pesadamente na nuca, em um só laço enorme, tirava toda a ideia banal ou vulgar que se lhe pudesse atribuir.

Maria Santa perturbou-se de modo visível, diante de meu exame, com o meu olhar interrogador, e levou, num gesto instintivo, as mãos à cabeça, enquanto uma onda de sangue quente cobria o seu rosto de intenso rubor.

E de novo ficou impaciente, agitando as mãos vertiginosamente e contraindo os lábios em forte ricto.

— Demônio! – murmurou sem se voltar para mim, e, depois de algum tempo, movendo rapidamente os lábios, como se rezasse, retirou-se em silêncio.

XXIX

Passamos algum tempo sem trocar palavra, até que um dia a encontrei parada diante da cômoda, e indicou-me, com um gesto, o que olhava tão absorvida.

Fitava uma grande caixa oblonga, com tampa de vidro, emoldurada de cabiúna e peroba, num desenho forte e simples, formando um quadro de pesado e faustoso mau gosto.

Através dos vidros, viam-se bichos de reflexos fulvos, uns, outros rubros como brasas, com carapaças cinzeladas em detalhes infinitamente pacientes. Outros ainda, verdes e trabalhados como joias antigas, pareciam dormitar ali dentro, tal a gentil e ingênua naturalidade com a qual tinham sido dispostos.

Reparei com atenção e distingui a um canto, como se estivesse ali de tocaia, pregado com alfinetes no fundo formado de orelhas-de-pau gigantescas, coladas umas às outras, uma espécie de enorme besouro, aranha ou escorpião de tamanho desusado, pois lembrava a todos três, tirando de cada um, com assustadora simplicidade, os seus aspectos mais inquietantes.

Maria Santa, obedecendo ao seu irresistível hábito, contou-me logo a história do quadro:

— Foi feito pela marquesa de Pantanal, quando veio para a sua fazenda dos Meireles, depois da morte do marido... Ela deu-o à minha avó, que o colocou aí nesse lugar, de encontro à parede, há muitos anos. Veja a marca do seu peso no reboco.

Enquanto Maria falava, eu observava os animaizinhos mortos, postos sem simetria, sem a menor preocupação de arte, e, acompanhando-os com os olhos, revivi toda a angústia daquela mão distraída, pregando aqui e ali, como ao acaso, os "carneirinhos" dourados e crespos, o beija-flor de cabeça de fogo, outro cor de bronze, e, mais alto, entre caramujos e borboletas fanadas, todo em cores vivas, o corrupião, o pássaro familiar, o doméstico das antigas donas, que aprendia a sua maneira de assobiar e as imitava com carinho.

Certamente aquele quadro tinha sido o companheiro e recreio da marquesa, em seus longos anos vazios que a fizeram compreender o vazio do além. Nas suas intermináveis horas de angústia solitária, era ele que de certo a ajudava a fugir de sua tentação sombria e silenciosa, que dela se aproximava de súbito, como o golpe de asa de uma ave noturna.

Muito tempo se passou até que Maria Santa, sem me olhar, e rindo-se, disse a meia-voz:

— Este aqui é o serrador – e indicou-me o monstrengo, de dorso mosqueado, como o de uma cobra venenosa. — Ele é capaz de cortar um galho grosso em pouco tempo.

E assim dizendo voltou-se para mim, com seu sorriso:

— Mas como gostou do meu quadro! Estamos aqui há tanto tempo!

XXX

Depois, com inquietação, agarrou meu braço e perguntou-me:

— Mas, que tem, parece que está com lágrimas nos olhos...

— É uma tolice minha, que não compreenderá, com certeza, Maria Santa – disse eu, sorrindo, ao mesmo tempo que sentia os olhos úmidos. — Estou me lembrando da irremediável melancolia dessa marquesa, perdendo o marido no momento mais forte do seu predomínio no Império, em pleno esplendor burguês, e retirando-se para uma fazenda longínqua, onde decerto fez esse horrível enfeite, conseguindo, com um heroísmo que não alcanço, afastar ideias negras e inquietas durante quarenta anos tristes.

— Não creio nessa tristeza sem remédio, que me parece também sem causa – respondeu-me Maria, agora com desusada atenção, e fitando-me curiosamente nos olhos. — Não sei se lhe contei que, quando pequena, me desesperava e andava pela casa toda como uma onça na jaula (sim, era assim que eu me sentia) e exclamava para mim mesma, em insistente e angustiosa interrogação: que é que eu faço? que é que eu faço?

— Pois olhe – prosseguiu, franzindo os lábios em um sorriso tímido –, ainda hoje sou assim, mas nunca encontrei quem me compreendesse, quem entendesse a minha loucura, que se tornou para mim uma prisão, onde me debato sozinha, cada vez mais sozinha e tenho medo de mim mesma. Todas as mulheres que conheci nunca se aborreceram por falta de finalidade, por essa falta geral, absoluta, que eu sinto confusamente, e que me faz pensar e dizer coisas que me espantam e me parecem ditas por outra pessoa. Eu via esse mesmo espanto no rosto daquelas a quem tentava explicar que ainda não achara, e não achei, uma significação, uma utilidade, uma definição para mim própria.

"Depois que conheci você, compreendo melhor o que me aflige, e me parece que os nossos olhos, os meus e os seus, descem dentro de mim, e procuram juntos a verdade. E eu me sinto, em vez de consolada, mais afastada ainda de minha consciência.

"Eu mesma não sei dizê-lo... tia Emiliana afirma que é pecado, é vaidade mundana a minha preocupação de me estudar, de procurar explicações para as minhas 'maluquices', mas fica nervosa e impaciente quando falo assim como agora, involuntariamente, e uma vez gritou – e Maria Santa aproximou-se de mim em tom confidencial – que eu não falasse mais, senão ela se mataria...

"Mas estou lhe dizendo coisas sem interesse... Era meu fim, apenas, explicar-lhe que não sinto a angústia que diz estar guardada nesta caixa de bichinhos secos, há setenta anos. A marquesa de Pantanal decerto me olharia com os mesmos olhos espantados das outras mulheres, se eu lhe perguntasse por que fizera esse quadro, e como conseguira dominar-se a tal ponto. Mas, Deus me ajude, eu prometi a tia Emiliana nunca mais falar assim, e tenho medo..."

Calou-se e pareceu esperar que eu insistisse que falasse ainda. Diante do meu silêncio, teve um momento de abandono, de lassidão, de covardia, que sei eu!, e murmurou baixinho:

— Ela prometeu revelar, dentro de alguns dias, qual a minha Missão.

XXXI

Observei Maria Santa com admiração. Ela nunca me dissera tanto, e aquele instante de aproximação e de denúncia também a mim me fazia medo e me dava vontade de fugir para muito longe e nunca mais vê-la, nem o seu remorso.

Nos últimos tempos, cada vez mais soturna, evitava sempre tocar, de leve que fosse, nos assuntos que sabia me interessavam incessantemente.

Mas toda a sua animação de há pouco desaparecera.

O seu olhar tornou-se fixo, o rosto sério, impassível.

Ela também fugia, espavorida. Parecia que estava longe dali, como se o seu espírito se tivesse retirado subitamente, deixando perto de mim apenas o seu corpo imóvel.

Muitas vezes eu já surpreendera essa atitude estranha de Maria Santa, que, habitualmente, se incorporava de novo, dentro de poucos minutos, como se nada se tivesse passado.

Mas desta vez não foi assim e, decididamente, viria a "alguma coisa" que eu esperava há tanto tempo. Tive afinal o arrepio angustioso que tanto desejava, e que marcaria aquele momento em minha vida, e fiquei também imóvel diante dela, encarando ansiosamente os seus olhos baços, à espera. E fiquei muito tempo assim, até que, de repente, sem que eu percebesse a transição, senti Maria agarrada convulsivamente ao meu braço, e dizendo com raiva, com dor, em um ímpeto que, não sei explicar por que, me pareceu sacrílego:

— Não sou digna! Mas, não sou digna! Agora é tarde! Depois do que se passou é tarde! É tarde!

Mas alguma coisa a chamou a si, porque logo se acalmou, e apontou para a porta de um quarto que dava para a sala interna onde estávamos, e disse com seca ironia:

— Está me observando? Quer saber tudo? Quer ver a verdade? Ali, atrás daquela porta, naquele quarto, está a verdade.

E repentinamente, ajoelhou-se e beijou o chão, sem proferir palavra, e sem que eu pudesse distinguir se o seu movimento era automático ou sugerido por alguma intenção religiosa. Do lado oposto, a imagem de Nossa Senhora das Vitórias, do alto, dominava toda uma parede da sala, mas foi diante da porta que me indicara que Maria se prosternou.

Depois, levantou-se calmamente, o rosto tranquilo, e saiu para o jardim, fechando com precaução, atrás de si, a meia-porta.

Fiquei muito tempo na mesma posição, e as reflexões de toda a sorte que me assaltaram não eram bastantes para afastar de mim a luta que se travara entre a curiosidade e a vergonha de ir mais além, que me empolgavam ao mesmo tempo. Finalmente, com gesto brusco, e sentindo todo o sangue subir-me à cabeça, abri a porta de par em par...

XXXII

A princípio nada vi. Era o mesmo quarto de sempre, com sua cama muito larga e pesada, de cabiúna, uma cômoda baixa, vazia, e duas mesas de cabeceira.

Que segredo guardariam aqueles móveis velhos e cansados?

Aproximei-me do leito e contemplei-o com olhar suspeitoso.

Colchões e travesseiros, enormes, levemente cobertos de poeira, estavam em ordem, com o pano desbotado pelo tempo. Mas pouco a pouco, diante de meus olhos dilatados pela atenção, as suas flores, de um vermelho longínquo, começaram a se mover, aumentando e espraiando-se, ora juntando-se em desenhos esquisitos, ora separando-se, em fuga rápida, e escondendo-se nos grandes rebordos do espaldar.

Pareciam de sangue seco, restos de crime...

Pareciam de sangue cansado, débil, esbranquiçado...

Pareciam de sangue espumoso, lembrança de ignóbeis volúpias...

Pareciam de sangue!

Recuei com repugnância e senti, como se tivesse pousado sobre o colchão as minhas mãos, o cavado dos corpos em suor, agitados por inomináveis estremecimentos. Que gemidos alucinantes teriam batido de encontro àquelas almofadas de madeira, com grandes veios escuros, como o dorso da mão do diabo, de envolta com odores mornos de gozo e de brutalidade.

Todo o quarto parecia agora viver intensamente, e sentia em meus ouvidos um clamor de vida pecaminosa, trêmula, indecente, do crime humano da reprodução, e o seu ambiente poderoso, entontecedor de crueza e nudez, envolveu-me em sua onda amarga.

Recuei mais ainda, e, sentindo atrás de mim as folhas da porta, abri-a, e fugi sem destino certo...

XXXIII

Os dias se passaram, e, quando, afinal, cheguei à janela do meu quarto, vi, através das árvores do pátio, a "consulta" de tia Emiliana.

Era esse o contato, direto e vivo, de toda aquela casa enorme e fechada como um cofre, com a pequena cidade, que se aborrecia espalhada em torno dela.

Um homem chamou a minha atenção, pelo seu vestuário mais cuidado, quase citadino, apenas um pouco antiquado, demonstrando ser ele uma das "pessoas de condição" do lugar ou das redondezas.

Não me foi possível resistir ao desejo que me assaltou de saber da vida do mundo, do que se passava lá fora, longe do silêncio envolvente do meu viver atual, que me enervava, e fiz-lhe sinal, tremendo um pouco, que me viesse falar.

Com espanto, vi que ele correspondia, com perfeita naturalidade, ao meu aceno, e, sem deixar que as outras pessoas que se aglomeravam diante da janelinha de tia Emiliana se apercebessem, afastou-se abrindo caminho por entre as mulheres de xale à cabeça, e veio ao meu encontro, dizendo-me com simplicidade que me conhecia de longos anos, e compreendia a minha situação.

A minha perturbação era tal, que não fiz a menor reflexão sobre essas palavras insólitas.

— Veio consultar dona Emiliana? – perguntei-lhe cerimoniosamente, não querendo usar do tratamento de "tia" que lhe dava e ao qual não tinha direito algum.

— Oh, é para atender ao capricho de minha mulher – respondeu-me, com certa negligência afetada –, mas eu tenho, confesso-lhe, grande curiosidade de conhecer dona Emiliana de perto e, principalmente, a sua sobrinha.

— Não conhece Maria Santa?

— Toda a cidade a conhece, mas apenas pela sua fama de santidade e pelos milagres que, dizem, já tem feito. Eu já a vi, seguramente há dez anos, e nesse tempo só se falava no seu martírio e nos crimes de sua família brutal. Disseram mesmo que ela ia casar-se e aqui esteve hospedado o seu noivo, que saiu desta casa para ser enterrado, e isso deu muito que falar. Mas, já sabe de todas essas histórias, não é verdade?

— Não, não sei... – disse, deixando transparecer minha perturbação.

— Ah! Eu já o percebera e, ainda há poucos dias, dizia em minha casa a esse respeito...

"Mas como?", pensava eu. "Como pode ser que se esteja assim informado sobre meus sentimentos os mais íntimos?" E um medo surdo me fez esquecer por um momento que fora a um aceno meu que aquele homem se aproximara, e pareceu-me que sofria um interrogatório, suplicante, terrível, sobre coisas que não poderia, de forma alguma, confessar.

O meu interlocutor, sem se preocupar com o que se passava em mim, continuava a falar, como se tratasse de um assunto já muito debatido e sem solução possível.

Olhando para tia Emiliana, observou tranquilamente:

— O que me admira é a paciência daquela senhora, atendendo a todos os vadios e vadias desta cidade, que são tantos, e sendo rica como ela é.

— Mas – exclamei quase com terror – tia Emiliana não é rica, é pobre!

— Pobre? – e o homem ria-se, sem rumor, sacudido por pequenos soluços, discretamente abafados.

— Ela veio da Serra do Grão Mogol, onde os rios carregam pedras preciosas, e de lá trouxe duas canastrinhas de couro, com muitas tachas amarelas. E estão cheias de gemas de alto valor. Ainda há pouco tempo, surpreendi meu filho contando às outras crianças que dona Emiliana mandava "arear" as mesas de sua casa não com areia do rio, como toda a gente faz aqui, mas com ouro em pó, da Serra das Bandeirinhas. Eles não sabem ao certo se há mesmo ouro na Serra das Bandeirinhas, mas que dona Emiliana o tem, isso é fora de dúvida.

E ria-se, com calma, mostrando os dentes muito pequenos, separados uns dos outros por grandes intervalos. Com um deles prendia um canto dos lábios.

— Mas eu não sei de nada disso! – exclamei, sem poder esconder a minha agitação.

— Oh! É natural... dona Emiliana não gosta e proíbe que se fale nisso; todos fingem ignorar a sua riqueza. Mas não é sem razão que todas as irmandades a procuram, e ela é coadjutora ou presidente de todas, quando não é a protetora de honra, mas nunca a tesoureira.

"Mas, perdoe-me, estou aqui a tagarelar, e esqueço-me de que tenho de levar remédios e recados à minha casa. Se me permite, na próxima quarta-feira chegarei de novo até aqui, para conversar mais um pouco."

Afastou-se de minha janela, curvando-se, e sem ousar estender a mão. Mas logo voltou, como se lhe tivesse ocorrido alguma coisa de importante, e acrescentou:

— Agradeço-lhe a amabilidade com que me tratou. Eu sempre gosto de conhecer pessoas vindas de nossas capitais, e aprecio discutir assuntos que esta pobre gente não alcança.

"E assim, poderemos comentar as coisas interessantíssimas que se vão passar aqui... e as pessoas que estão a chegar... E talvez mesmo volte esta noite!"

XXXIV

Nessa mesma noite, muito mais tarde, passeando no jardim silencioso e devastado, eu senti uma presença misteriosa, e a escuridão parecia viver, palpitando lentamente e fazendo perceber o seu respirar surdo.

— Deve ser do rio, e de algum animal morto aqui por perto – disse Maria Santa, respondendo à pergunta que me fazia interiormente. — Mas o frio está esquisito. Passa por nós e depois volta, como se fosse alguém que quisesse...

Calou-se subitamente, porque justo nesse momento a presença invisível passou por nós, e o mesmo arrepio que me fez estremecer sacudiu as espáduas de Maria em um choque brusco.

Murmurei, dominando os nervos:

— Vamos embora, se você está com medo...

— Mas você é que está com medo... – respondeu-me e deu uma risada clara, mas logo imobilizou-se, rígida, à escuta, como se esperasse a resposta ao seu desafio.

Depois, afastou-se de mim, perdendo-se na sombra, que se tornara espessa, compacta, como se tivesse caído sobre mim um bloco de massa negra.

Fiquei por muito tempo esperando, espreitando, perscrutando ansiosamente em torno de mim, e sentindo-me cada vez mais longe, cada vez maior o meu abandono.

Talvez até mesmo eu me fora, também, e ali ficara somente o meu fantasma, entre os outros fantasmas que pareciam rondar furtivamente o jardim.

Senti, depois, uma mão trêmula agarrar-me o braço, e unhas em garra enterraram-se na minha carne. Um bafo quente chegou-me até a boca, adocicado e morno, e senti que todo o meu corpo se encostava a outro corpo, em um êxtase doloroso e longo, inacabado e insatisfeito...

Quando voltei a mim, procurei afastar com violência o monstro que viera das trevas, mas estava só de novo, e voltei para casa, sem procurar explicar o que me sucedera, e, já no meu quarto, lavei a boca, o rosto e as mãos, como o fazem os criminosos, apagando os vestígios de seu crime...

XXXV

Sentada em uma cadeira de alto encosto, que com certeza pertencera a algum convento das serras, Maria, muito direita, em atitude forçada de que está em visita de cerimônia, chorava.

De cabeça ereta, calma, ela escutara o que eu lhe dissera antes e, subitamente infeliz, com a evocação amarga, toda ela se entregou a um misterioso desgosto, e o seu coração estalava.

As lágrimas corriam-lhe pela face e pelo pescoço, engolfando-se no modesto decote, e, sem soluços, sem suspiros, sem gemidos, aquele pranto tranquilo durou muito tempo.

Estava tão absorvida em sua dor, que decerto não me via mais ao seu lado, e não foi para mim que murmurou:

— Eu sou a última das mulheres...

A princípio tive palavras de conforto, que depois se transformaram em súplicas, e dela subia ao meu rosto um calor morno, mesclado ao lento odor de seus cabelos.

Mas as lágrimas redobraram pelo reflexo de minha dor vizinha, que já não podia conter também.

Era visível que ela chegava ao último ponto de sua miséria, sentindo-se sem os véus de seu pudor.

Da inutilidade das palavras, passei instintivamente para os gestos, necessidade irresistível das grandes compaixões, e meu braço cercou-lhe a cintura... e meus lábios tocaram sua espádua, afastando os cabelos esparsos...

Em um movimento maquinal ela me enlaçou, e, sem uma palavra, sem volúpia, num pobre gesto, senti passar de novo, sobre nós, a fatalidade.

Depois, afastando-me, sem raiva e sem dignidade, ela me disse com indiferença, parecendo repetir um pensamento antigo:

— Somos duas criaturas miseráveis...

Olhou-me, depois, por momentos, que foram, para mim, horas de humilhação e de tédio, e teve, em seguida, um frouxo de riso.

E pôs-se a falar, apressadamente, com a animação fictícia de alguém que se encontra com amigos ausentes de muitos anos, e com os quais é preciso primeiro tatear o assunto que abordamos, para reconhecê-los integralmente, apesar da alegria que sentimos.

Em frases um pouco descosidas, explicou-me que se sentia infeliz e que se achava ridícula.

Mas tinha projetos e havia de ver como seria divertido, pois era uma tolice o pensar-se, como eu o pensava escondido, mas já me denunciara muitas vezes, em conversa, sem me aperceber de que deixava transparecer claramente esse meu pensamento oculto, que só nas grandes cidades a vida era possível.

Não, isso não era verdade, tanto que vivia ainda, ainda não morrera de aborrecimento ou da sua incurável falta do que fazer... E depois, queria aprender muitas coisas! A começar pelo inglês, e assim me ensinaria também, porque Miss Ann, da Golden Mining, sabia muito mais do que eu e era sua amiga. Depois, leríamos os poetas dessa língua, cujos versos lhe pareciam misteriosamente lindos, através das palavras incompreensíveis que via em alguns de meus livros.

Em raras ocasiões, nós ríramos, às ocultas de tia Emiliana, eu lendo, e ela ouvindo, uma velha edição do Paraíso perdido, com a capa de couro toda comida, em caprichosos desenhos, pelos cupins que devoram lentamente toda a cidade do Rio de Janeiro.

Cada página que virávamos deixava escapar uma poeira negra e sutil, que se espalhava em nossos joelhos e se apegava às nossas mãos. Quando, com os dedos entre as suas folhas, coladas umas às outras, tentando separá-las, eu a olhava, Maria Santa murmurava, de olhos muito abertos e redondos de admiração, deliciadamente ingênua:

— É um livro de magia... E como deve ser bonito isso que você está dizendo. Conte-me, agora, tudo o que você leu.

Diante de minha tradução hesitante, gaguejada e entrecortada de interjeições impacientes, ela fitava-me com longo olhar, com incansável atenção, em respeitoso e imóvel silêncio.

Quando, com repentina desconfiança, eu parava de súbito, e perscrutava em seus olhos, ou em sua boca, uma sombra qualquer de ironia ou de fingimento, em seu inalterável interesse, ela animava-se, e, imediatamente, sem transição, punha-se a falar, tirando o livro de minhas mãos, e, folheando-o com curiosidade infantil, mirava as suas gravuras arruinadas, crivadas de milhares de pequenos furos, sempre com o mesmo indisfarçável, incontido e risonho desejo de tudo adivinhar, tudo saber.

Depois, com natural solenidade, muito séria, estendia-me os braços, carregando o pobre alfarrábio, e apresentando-o como os antigos pajens entregavam as joias reais – pousadas em almofadas –, dando assim uma inesperada gravidade ao seu ato, e fazendo reviver um pouco o luxo antigo da desconjuntada e rendilhada encadernação, cujos dourados brilhavam, renovados por um momento, naquele gesto que parecia um maravilhoso milagre de vida, na atmosfera de morte e desconfiança que nos envolvia.

— Mas agora – prosseguiu rindo, de novo, em um frouxo de riso abafado –, mas agora quem vai traduzir sou eu, e tenho a certeza de que não repetirei a todo instante: "isto é", "isto é!"...

E ficou de repente séria, retomando o seu aspecto distante de sempre, e mergulhando em sua tristeza invasora.

Uma contração amarga, instantânea, perturbou a linha grave de sua boca, e ajuntou, agora lentamente, hesitante, com o pensamento longe:

— E você ficará aqui para sempre... e não me fará perguntas...

XXXVI

— Já sei que fez novas amizades – disse-me padre Olímpio –, e decerto já lhe contaram que dona Emiliana possui um tesouro – acrescentou com bondoso sorriso. — O nosso amigo não se cansa de afirmar que ela, vindo de tão longe, do país das pedras preciosas, trouxe com certeza suas canastrinhas cheias de saquinhos de pano, contendo cada um uma riqueza enorme em gemas envoltas em algodão.

"Até os meus meninos do catecismo sabem disso, repetindo o que dizem os pais. Para eles, a pobre senhora acabou sendo uma espécie de ente mágico, de grande poder, e a sua saia preta e o seu casaco de quartinhos devem ter sido costurados pela Lua ou pelo Saci-Pererê..."

E ria-se, examinando-me com atenção.

— Para mim – continuou –, a mim o que me atrai é a água-marinha, tão límpida, tão clara. Eu sou de Araçuaí – a terra que produziu já uma dessas pedras, que pesava cento e onze quilos!

Enquanto ele se afastava, pus-me a pensar na região dos rios fabulosos, cujas águas amarelas arrastam lentamente ouro e diamantes, envoltos em lodo e lama, e escachoam de encontro a rochedos incrustados de granadas, crisólitos e berilos.

Na rua, por entre o lajedo, na areia negra que ficara das chuvas, brilhava o ouro transbordado dos rios, e tive a sensação entontecedora de viver em um gigantesco escrínio fechado.

XXXVII

As janelas cerradas deixavam passar apenas uma luz morna, tapando lá fora o pôr-do-sol desbotado e a cidade sempre ausente.

Maria Santa calara-se a um canto, e os seus olhos dormitavam, como de costume.

Entretanto, apesar da lassidão visível de seus braços caídos ao longo das pernas perdidas na grande roda do vestido castanho, tudo nela denunciava uma espera inquieta.

Qualquer ruído longínquo, vindo de fora, fazia com que suas pupilas se dilatassem visível e violentamente, apesar da queda lenta das pálpebras, que restabeleciam cautelosamente a sua impassibilidade dormente.

Tia Emiliana, a boca entreaberta, sacudia os seus bilros e, de vez em quando, dava uma palmada seca no modelo de renda que tinha diante de si, e erguia a mão muito alto.

De repente, voltando-se para mim com mau humor, exclamou:

— Vamos! Digam alguma coisa! Faça o favor de fazer Maria Santa falar, porque eu não acerto um só ponto desta maneira!

— Naturalmente está nervosa... – disse, com indiferença.

— Nervosa! – saltou a senhora, fazendo tilintar as suas inumeráveis pulseiras escravas. — Pois podia estar! Olhe que se aproxima a Semana Santa, estamos em plena Quaresma! Mas quem lhe disse que estou nervosa?

"Deus é testemunha de que eu não tenho medo de ninguém. É preciso que saiba, de uma vez por todas, que a mim não se engana facilmente!"

Olhei com espanto para tia Emiliana, e depois para Maria Santa, pois não compreendia o sentido daquelas palavras, que pareciam referir-se a mim, e de um modo odiento, com uma significação oculta, que me escapava inteiramente, apesar de tudo me fazer pressentir que iria acontecer uma coisa importante. Interessante, com certeza, como afirmara o meu improvisado amigo da "consulta".

Mas não podia compreender, porque nada sucedera na pequena cidade, e nenhum desses boatos, que surgem vindos de longe, não se sabendo nunca de onde vêm nem como surgiram, viera perturbar os comentários sonolentos e habituais que chegavam até mim, eternamente presos aos pequenos acontecimentos da vida local. Eram os mesmos da semana passada, e as tropas da última revolução, acampadas longe, não tinham dado sinal de suas intenções. Mesmo a velha mucama não achava mais o que contar.

O calor, a modorra habitual, tinham crescido e pesado sobre tudo e sobre todos, prolongando a sesta da cidade, apesar da hora tardia já, para os costumes da terra, entrando pela noite, que a envolvia com precaução em suas primeiras sombras.

Maria Santa continuava quieta, com os olhos opacos e lentos, com o olhar espesso, imóvel, como o dos pássaros noturnos.

O silêncio que se fizera, depois da exclamação de tia Emiliana, tornou-se intolerável, e sentíamo-nos como estrangeiros que falam línguas diferentes, reunidos pelo acaso.

— Mas quem pretende enganá-la? – disse eu, querendo quebrar aquele mau encantamento. — Eu não posso enganar ninguém, e Maria é Santa, como a senhora faz crer os seus amigos e clientes...

E fiquei à espera de que a velha senhora, de novo, desse um salto em sua cadeirinha baixa, e respondesse violentamente à minha observação, deixando explodir a cólera que se ia acumulando lentamente nela.

Mas, não foi isso o que aconteceu. Tornou-se muito pálida, as suas rugas formaram um desenho nítido, e os seus lábios ressequidos e murchos tremeram como os das crianças que são repreendidas com injusta severidade. E, pelas lágrimas que lhe caíram sobre os dedos, percebi que chorava, mas chorava sem raiva, sem orgulho, num abandono que nunca lhe vira.

Era uma simples infeliz, sem ódios, sem ambições, sem ideias ocultas, aquela mulher que chorava diante de nós, e, quando me voltei para Maria Santa, vi em seus olhos, na clarividente piedade que os iluminava, que ela também sentira a mesma e inesperada revelação que eu.

Quis levantar-me e dizer alguma coisa, mas fiquei imóvel com o gesto suspenso por um sinal imperioso de Maria Santa; era preciso respeitar aquele momento de delação e de surpresa, e seria talvez perigosa uma consolação.

Senti gelar-se o meu enternecimento e aguardei a reação daquela fraqueza, que viria forçosamente, quando ela percebesse que se delatava, que se mostrava desarmada.

E vi como fora justo o aviso imperativo de minha amiga, e como tinha sido prudente impondo-me o seu modo de pensar, pois, passados alguns minutos, senti uma estranha sensação de receio, e olhei de novo para tia Emiliana, e ainda tive tempo de ver o seu olhar agudíssimo, sangrento, que fugia apressadamente do meu rosto.

Pensei em sair, sentindo um arrepio percorrer-me os membros, e veio à minha mente a visão e o desejo de ir até a fonte milagrosa da cidade, a Água-Quente, passando pelos caminhos de areia ainda morna do sol, e sentindo nas mãos o beijo úmido das samambaias orvalhadas.

Depois... depois voltaria lentamente, em plena noite, em plena natureza, atravessando com pavor o mato deserto, e, quando ouvisse o ruído de cavalos, correria sem rumo certo, com a cabeça perdida de medo, pois poderia ser o tropel da Mula Sem Cabeça...

E nesse momento ouvi o trote rápido e forte de dois cavalos que se aproximavam, e pararam com grande rumor em frente à porta da casa, e um riso argentino, estrídulo, veio até nós, graduado com afetação.

A porta abriu-se violentamente, e a viajante entrou, parando no limiar, ainda deslumbrada e cega pelo contraste entre a penumbra da sala e a luz da rua.

XXXVIII

Desde a chegada da viajante, a palidez soturna de Maria acentuou-se, e ela passeava de um lado para outro, silenciosamente, nas salas e corredores, como um fantasma de tédio, realçado pela legenda crescente de sua sobre-humana abstinência.

Foi por isso que tia Emiliana me recebeu como se fosse a própria Providência divina que surgisse, com suas luzes, naquela sala escura e sinistra, com seu misterioso alçapão de pesadas argolas de ferro, muito empoeiradas e enferrujadas, demonstrando os anos que levavam imóveis, intactas, e mal tapando o riacho murmurante que passava por debaixo das arcadas da velha casa, e cujas águas, com seu murmúrio incessante, me enervavam e irritavam. Uma escada erguia-se abruptamente e penetrava de modo brutal na muralha muito larga, subindo para o sótão, tendo um grande arcanjo São Miguel, grosseiramente esculpido e pintado, servindo de suporte ao teto, e de pilastra para o áspero corrimão.

A um canto, a mucama negra, sentada na terra, entre amigas também negras e de lenço à cabeça, parecia celebrar uma cerimônia tranquila de sua religião primitiva e confusa.

— Vai-me fazer uma esmola! – disse-me tia Emiliana, levantando os braços para o céu, com ostentação. — Há muitos e muitos dias que Maria Santa não aceita, não se serve, não come de coisa alguma! Diga-me, não é para se ficar doida com uma coisa assim? Ela vai adoecer, não é verdade? Ninguém poderia ficar tanto tempo sem tomar nada.

"Eu bem sei – acrescentou, baixando a voz respeitosamente – que ela é uma verdadeira santa, mas não quero que fique doente e nos falte com a sua presença!"

Maria sentou-se à mesa, depois de insistentes pedidos, de súplicas dramáticas de tia Emiliana, e tornou-se de súbito ausente, o olhar imóvel e distante, a boca amarga, pendida nos cantos, as mãos lívidas, perdidas no colo, toda em uma plena e dura serenidade.

Ela parecia já marcada pela dissolução, e havia qualquer coisa de eterno na sua patética desolação, no sonho surdo e monótono que a cingia, e senti como não se pode perceber o fluxo misterioso das almas nas quais nunca penetraremos.

Foi assim que a vi, tendo diante de si um enorme cesto de frutas de chácara, e estava tão alheada que não notou que eu chegara, não percebeu a minha entrada, saudada pelas exclamações de tia Emiliana, e não pareceu ouvir o que dizíamos.

As negras murmuravam entre elas e olhavam de soslaio para nós. Na penumbra de seu canto, eu via os seus olhos muito brancos, destacando-se fortemente nos rostos negros e luzidios.

Dei alguns passos e ia falar, quando a porta se abriu, e a luz do sol, vivíssima, cortou a sala com uma faixa deslumbrante, fazendo as negras encolherem-se em seu canto, com gestos de morcegos irritados, e alguém, ao entrar, parou exclamando:

— Está alguém aqui? Que diabo, por que não abrem as janelas? Isto parece a casa do remorso!

E ouviu-se a mesma risada sonora de dias atrás, em três notas muito claras, e a viajante atravessou a sala, subindo a escada precipitadamente para os quartos do sótão.

Maria Santa levantou-se e, fazendo um grande sinal da cruz, pôs-se a rezar com voz abafada.

Tia Emiliana, imediatamente, ajoelhou-se e disse, voltando-se para as pretas:

— Ajoelhem-se! Foi Nossa Senhora que passou – e, como para me dar uma explicação, que não pedira, nem sequer pensara em pedir-lhe, acrescentou com solenidade, voltando-se para mim:

— A Santíssima Virgem não podia permitir que esta casa fosse manchada por esse demônio, e veio Ela Própria purificar-nos com a sua Presença. E Maria teve a felicidade de recebê-La.

Maria Santa passou por mim e saiu, silenciosamente, sem me olhar, de cabeça baixa.

Fiquei com as mãos apoiadas ao rebordo da mesa, por muito tempo, sem ver nem ouvir a mucama e suas amigas, nem a tia Emiliana, que cobrira o rosto com as mãos.

Uma lenga-lenga monótona, uma espécie de oração interminável, despertou depois a minha atenção e curiosidade adormecidas, e prestei ouvidos, distinguindo com dificuldade frases soltas, entremeadas de exclamações, ditas com repentina energia, mas alternadas com perfeita regularidade.

Vi que a negra se debruçava sobre um grande boião de barro, tapando os lados com as pontas longas de seu xale preto, cuja franja escassa chegava até o chão, formando assim um porta-voz.

E dizia ela:

— Maria meu 'tá'i... Maria meu 'tá'i... a cidade vai morrer... tudo vai morrer... as invenções do demônio também... ela também...

Suas amigas entoavam um cântico que mais parecia um gemer de bruxas.

E nesse momento reparei que, nos corredores escuros, muita gente, silenciosa e recolhida, nos observava com olhos espantados e embrutecidos.

XXXIX

Do interior da casa veio então um odor penetrante de incenso, e de envolta com ele, como em uma só onda vagarosa, que dominou, ampliando-o, o cantar das negras, ouviu-se um verdadeiro canto litúrgico, cantado por vozes de timbre velado, em harmonia bela e cansada...

Saí e encontrei-me de chofre com padre Olímpio, que eu via todos os dias em nossa capela.

Ele, ao dar comigo, assim de súbito, perturbou-se extraordinariamente, dizendo-me com insólita aspereza:

— Quem está cantando? Que música é esta?

— Entre e veja o senhor mesmo! – disse eu com cólera, arrebatadamente.

— Esta casa é muito própria para um sacerdote como o senhor!

XL

E foi então que eu quis fugir, afastar de mim aquele ambiente que me pesava, sufocante, como um grande véu. Quis saltar por sobre o círculo mágico que me cingia, cada vez mais apertado; quis ver lá fora o mundo cotidiano, os dias que passam sem análise, rostos e olhos sem segundos planos, que choram e olham muito iguais, com a mesma luz e as mesmas lágrimas de sempre...

Desejava ouvir palavras que soassem aos meus ouvidos apenas, e que me fizessem escutar o que elas significavam cada uma; queria sentir o contato das coisas inanimadas, que vivem e combinam com as coisas humanas, sem o desequilíbrio que me ameaçava e me prendia, com desânimo, aos meus próprios pensamentos inacabados.

E certa manhã bem calma, em que as minhas inquietações se tinham aplacado, e o medo habitual batera apenas surdamente em meu peito, saí, com deliciosa impressão de adolescência e de renovação.

Sentia o espírito leve, e o meu coração parecia não pulsar, aliviado pelo fel que gastara, esgotando-o, quase, exercendo até os últimos limites o suplício que me comprazia em renovar, transformando o meu eu em companhia de miséria e de remorso.

Pelas ruas, voltava a cabeça de repente, de um lado para outro, e para trás, com um arrepio, para surpreender o pobre mistério daquelas casas tão claras na aparência, com suas fachadas silenciosas, pintadas de branco e de oca, algumas divertidas, com o telhado posto de través, como o chapéu de um ébrio, outras sombrias, patibulares, com a boca enorme e desdentada caindo nos cantos, e outras ainda, espiando, meio escondidas, com um olho tímido, atrás das vizinhas gordas e acachapadas.

Tinha ímpetos de conhecer o que se passava nelas, e certamente o conseguiria, se saltasse de repente sobre qualquer daquelas venezianas, remendadas com panos hediondos, e as abrisse violentamente...

E para quê? Decerto para ver rostos impassíveis, indiferentes, de homens e mulheres que iriam depois, espantados, comentar, com fingida pena, e insinuações más, a minha precipitação e evidente loucura. Já a amizade que me dedicavam sinhá Gentil e Didina Americana, que me procuravam em meu isolamento, tinha feito estabelecer com firmeza a minha reputação de "maluqueira", como diziam, por entre espirros de gargalhadas, maliciando e envenenando a curiosidade que me tornavam prodigiosamente atrativos aqueles dois espíritos enfermos e dolorosos.

E relembrei as suas figuras, uma com seu eterno ar de leviandade e despreocupação, escondendo cigarros, que lhe tinham ficado esquecidos sobre a mesa de cabeceira, com grandes exclamações e trejeitos, e pondo, assim, em suspeição o seu leito solitário de viúva e deixando voluntariamente pairar dúvidas sobre sua honestidade irrepreensível de mística, e a outra, terrivelmente alienada, ocultando, com diabólica finura, os seus desvios mentais, fechada em sua casa durante semanas de loucura oculta, e só saindo para insultar alguém, em longas e ferozes vinganças, premeditadas em seus dias de escuridade.

XLI

Tão grande era o meu ensimesmamento, que me assustei quando percebi que roçava, há muito tempo, uma mesma muralha, formidável e maciça, que parecia querer esmagar-me com sua sombra intensa, violentamente recortada no solo, em contraste de roxo e amarelo.

Andei mais depressa, na preocupação repentina de encontrar o fim daquele peso interminável, e quase caí sobre uns degraus de pedra que se atravessaram de surpresa em meu caminho.

Eram de uma porta lateral, e devia estar só cerrada, porque cedeu unicamente com a pressão de meu corpo, quando nela me apoiei, e achei-me, sem transição, no coro da igreja, ao mesmo tempo sombrio e claro, pois a pouca luz nele reinante não conseguia escurecer a resplandecente brancura das suas paredes e o dourado excessivo de suas obras de talha.

Andei um pouco, hesitante, num movimento mecânico, sem compreender por que não voltava imediatamente, saindo da nave deserta.

Tinha as pupilas ainda deslumbradas pela luz lá fora, pelo sol da tarde, e não ouvi o ruído de meus passos, como se andasse em sonho, além, talvez na morte.

E tive a sensação de que morrera, realmente, e agora abria os olhos em um mundo distante.

Estava no território da morte, pois o que me abafara o choque dos pesados sapatos, próprios para as pedras pontiagudas das ruas eriçadas de minério de ferro, eram os "panos" fúnebres, pois entrara justamente do lado da nave em que ficavam as sepulturas ricas e ainda novas, as últimas abertas antes da lei da proibição de enterramentos no interior dos templos.

Naqueles grandes quadrados de lã preta que se estendiam pelo chão, com desenhos geométricos, regulares, feitos com pregos de cabeça de metal amarelo, alguns formando palavras, li distraidamente, murmurando as inscrições latinas, os lugares-comuns da morte, e lembrei-me que, decerto, entre elas, talvez estivesse o nome de meu pai.

Em sua sepultura, onde se tinham ido reunir os ódios mais impuros e as paixões mais encarniçadas, os restos dele tinham lançado um bálsamo intenso. Por uma convenção especial, que fechara a igreja para sempre, nós, os seus filhos, tínhamos o direito de ser enterrados junto de seu corpo.

Com instintiva humildade, andei depressa, e afoguei meus pensamentos, alguns vis e caluniosos, e o desejo de voltar, e pisar sobre tantos homens e mulheres de nosso nome, em rezas precipitadas e confusas.

Entrei em uma espécie de rotunda, que se me apresentou ao lado, e achei-me diante de uma estreita escada em caracol.

Subi por ela, a princípio lentamente, apoiando todo o peso de meu corpo em cada degrau, e agarrando-me fortemente ao seu corrimão de ferro, preso com grandes ganchos à muralha.

A ausência de curiosidade e qualquer reflexão tornaram pesados os meus passos, como se alguém me segurasse os ombros, com mãos enormes e cansadas.

De passagem vi o coro empoeirado, com algumas velhas músicas, carcomidas e amolecidas pelo tempo, abandonadas sobre um tamborete.

XLII

Fui subindo, subindo, mais alto, mais alto.

Pelas seteiras, via a cidade passar, em quadros variados e sucessivos, como nas marmotas de outros tempos. Depois, achei-me em um tabuado, e vigas enormes desciam vertiginosamente do teto, em diagonais alucinantes, incompreensíveis, dando a impressão de um gigantesco e violento "jogo de pau", cujos bastões parassem de súbito, interrompidos em pleno golpe, em atitude de ameaça incompleta, e tentando barrar a minha passagem.

Ouvi um murmúrio irritado, umas palmas violentas, como se alguém aplaudisse o meu gesto de recuo medroso, ou as batesse para avisar outras pessoas de minha intromissão, e fizeram com que eu me reanimasse, com a reação do novo susto.

E duas pombas passaram junto de mim, em voos irregulares, como se estivessem indecisas, contrariadas em sua direção pela minha presença insólita.

Logo muitas outras entraram a revoar, em voltas e curvas apertadas e audaciosas, por entre as traves e ferros, e, esbarrando nas cordas dos sinos, fizeram brotar um som leve e longínquo, que me inundou de alegria desafogada, e me fez puxar com força, e rindo, a corda que estava entre minhas mãos, como sinal de uma alegria inesperada.

Lá embaixo, as duas ruas em ângulo perdiam-se no desbarrancado enorme, e a igreja que se levantava pesadamente de seus alicerces, como alguém de pernas inchadas e hidrópicas que, a custo, tentasse erguer-se de seu leito, parecia prender com seu dorso poderoso, no vértice do ângulo, toda aquela massa esmagadora de terra e pedras. Se ela recuasse em seu esforço, toda uma parte da cidade precipitar-se-ia no vale.

Aproximei-me mais ainda, através do tabuado, que rangia e se agitava a meus pés, da janela cortada de alto a baixo pelo sino que vibrava ainda, em harmonias distantes, e dei, rosto a rosto, com um mocho que me fitava com seus olhos verdes e fosforescentes.

Ele não se moveu. Apenas relaxou uma de suas patas, que se agarrava à travessa de ferro, e nos encaramos por longo tempo.

— Olho de defunto – murmurei, e ri, baixinho, como se me escondesse de alguém, lembrando-me do terror que sentiria, se fosse a criança de antigamente, diante daquele olhar límpido e morto, mas que parecia, assim mesmo, espreitar bem no fundo, dentro de mim, com intensa piedade.

Senti-me bem. Um bem-estar repentino e absoluto, que me fez conter a respiração, apesar das lufadas de ar puro, vindo das entradas do vale, e que chegavam intactas até aquele alto.

Mas, uma suspeita, leve a princípio, depois inquieta, e progressivamente angustiosa, fez com que eu me agarrasse ao varão de ferro da janela sem portadas, e pareceu-me que flutuava hesitante, entre o céu e a terra, naquela luz azul, depois ultramar, e finalmente púrpura, e, por muito tempo, muito tempo, esqueci-me de mim.

Quando voltei ao mundo, senti o cansaço e a velhice de um século.

— Quem está aí?

E a voz do homem subiu pela caixa da escada, como se viesse em minha procura, e me envolvesse em suas ondas invisíveis. Um terror pânico imenso agitou-me os nervos todos, e desci os degraus oscilantes, atravessei a nave agora em trevas, e fugi, sem me lembrar que corria justamente para o coração da cidade, para junto dos próprios remorsos que me perseguiam, e dos seus vestígios...

XLIII

Ficara em mim, como um remorso novo, a minha visita à igreja, e, entre as acusações, confusas, e logo abafadas, que me fazia, sobrepujava sempre a de que lá não encontrara Deus, porque fora involuntariamente.

E, um dia, vesti-me lentamente de negro, e dirigi-me para a matriz, onde pregavam missionários que percorriam toda a mata, e caminhava tremendo, como se fosse ao encontro do Senhor, sem humildade e sem pureza, mas com a vontade toda exterior de encontrá-lo, mesmo à custa de minha razão.

Ajoelhei-me e passei longos momentos, de olhos cerrados, sentindo-me só no meio da multidão também ajoelhada, só, horrivelmente só, longe de toda a vida, de toda inteligência, e, sobretudo, de toda bondade. E o sopro morno da febre da solidão, essa quietude doentia, essa dor de tudo que vive, me embriagava lentamente, e não queria despertar mais nunca...

Nessa hora de prostração total, lembrei-me de que todos os entes que amei se afastaram, uns com tédio, outros com um sonho diferente dormitando dentro do coração, outros com a verdade no fundo das pupilas límpidas, e reconheci que não tinha forças para criar um amor novo ou uma amizade nova, e qualquer esforço que fizesse, nesse sentido, seria criminoso.

XLIV

As palavras de terror e de ameaça ainda ressoavam pela igreja, e os homens que saíam em grupos ruidosos, e as mulheres que se esgueiravam puxando o xale para o rosto, e enxugando as lágrimas em suas franjas, pareciam carregar, aos pedaços, aquela pesada atmosfera de pavor, repartindo, assim, o grande fantasma formado peça por peça pelo missionário, que iria reviver, fragmentando, nos arrabaldes longínquos, nas fazendas e nas palhoças distantes.

O templo ficou vazio, voltando ao seu silêncio habitual, à sua solene e pobre tranquilidade.

Apenas alguém, vestido de preto, punha um pouco de mistério na penumbra da nave, apoiado à grade lateral.

Passou-se algum tempo e o sr. Martins, que certamente ficara à espreita, na sacristia, entrou novamente no corpo da igreja e foi direto ao vulto, que, ao se mover, mostrou o rosto pálido e vulgar.

— Senhor – disse-lhe o sr. Martins, com a familiaridade dos mordomos e secretários de irmandades –, quer ir jantar conosco? Já sei que vem mandado pelo sr. bispo.

O convidado pareceu terminar uma oração e depois dirigiu-se para a porta, sempre calado. Só depois de chegar ao adro é que disse, com lentidão:

— Não vim a mandado do sr. bispo.

— Mas aceita o meu convite? Estive reparando, durante a missa, que estava cansado.

— Muito cansado... muito cansado... – murmurou ele, e a sua voz parecia vir de muito longe, de tão longe quanto de onde ele próprio viera.

— Decerto o sr. missionário não o viu, por causa da prédica, que esteve esplêndida, não? Se ele o tivesse visto, tê-lo-ia levado, com toda certeza, para a Missão, onde se acham dois padres, mas não são tão bons oradores. Já falou com ele, ou com o sr. vigário, o padre Olímpio?

— ... não! Eu cheguei ainda agora, e creio que continuarei hoje mesmo a minha viagem.

— Para que cidade vai?

— As estradas devem estar muito más, muito difíceis...

— Como os caminhos da virtude – gracejou, beatamente, o sr. Martins.

Um vinco fundo cortou verticalmente a testa de seu interlocutor, e uma onda de sangue subiu ao seu rosto.

— Elas são sobretudo muito longas. Tudo é tão longe...

— Pois é fácil; fique conosco na cidade. O sr. vigário e os missionários ficarão contentíssimos.

— Eles o visitam muito?

— Isto é... Eles não podem vir a minha casa, porque fica distante – respondeu o sr. Martins, corando fortemente –, mas quando o sr. bispo vier em visita pastoral, já está prometido que irá à sede da Irmandade, da qual sou o tesoureiro.

— Ah? O sr. bispo vem a esta cidade...

— Vem, mas dentro de alguns meses.

XLV

E o sr. Martins teve o seu hóspede de honra que, dentro em pouco, insensivelmente, se tornou um complemento indispensável, um detalhe de sua casa.

Isolado, calado, triste, sempre rezando, ele não visitou os missionários, e seus encontros com padre Olímpio eram rápidos, bruscos, como se ambos estivessem sempre aflitos por se desobrigarem do dever de se verem.

O sr. Martins mostrava-se radiante e tranquilo, e as eleições na Irmandade anunciavam-se em excelentes condições, e parecia-lhe que tudo se dava por causa de seu hóspede.

Tia Emiliana quis conhecê-lo e mandou uma de suas beatas convidá-lo a vir vê-la, com a autoridade de membro influente de todas as confrarias religiosas, mas os dias se passaram sem que ele atendesse ao imperioso convite, e, um dia, em que eu passeava distraidamente pelo pátio deserto, vi que ele se aproximava, cautelosamente, das venezianas, àquela hora hermeticamente fechadas, e empurrava uma carta entre suas réguas.

Vendo-me, perturbou-se por tal forma, que se deixou conduzir por mim até o meu quarto, como uma presa, sem interrogação, sem um gesto de recusa.

E eu trazia-o mesmo como uma presa, tal a intensa necessidade de ter ao meu lado um sentimento qualquer, uma vida que atentasse para mim, olhos ou mãos que me olhassem ou me deixassem neles tocar.

Eu caminhava precipitadamente, maquinalmente, e, quando parava, perdia-me em um torpor estranho, uma espécie de encantamento desesperado, todo de calma, de incerteza, de sofrimentos vagos vividos outrora, de prazeres passados que acreditava completamente esquecidos.

A sensação de isolamento que me apertara as fontes todo o tempo, e que me sufocara entre as paredes do quarto, tinha despertado em mim o desejo irresistível de prender aquele vulto vulgar perto de mim, e ouvir a sua confissão banal, e sofrer o seu pobre sofrimento, integrando-me nele, para fugir ao diálogo que se travara, sem solução possível, em minha mente.

Algum tempo depois, disse-lhe, apoiando-me a um móvel:

— Peço-lhe perdão.

Mas ele, cabisbaixo, com os olhos subitamente inchados pelas lágrimas, nada quis dizer, retirando-se humildemente.

Nos dias seguintes, às mesmas horas, eu o via chegar, sempre com um longo olhar em que se lia toda a tristeza, toda a resignação e, ao mesmo tempo, toda a alegria humanas...

XLVI

Quis fazer dele o meu companheiro, e dei-lhe o nome de amigo, e esqueci-me das outras pessoas que viviam ao meu lado, e que se afastaram, como figuras de um livro cuja página se voltasse.

Saíamos juntos e eu recordava-me em voz alta das horas de minha infância, cuja triste lembrança, balançando na atmosfera pesada e febril, com a aproximação das grandes chuvas, me embalava dolorosamente. Percorria a montanha que dominava a cidade, falando com a minha sombra, contando-me histórias intermináveis, tal como o fizera a criança que eu fora anos antes.

Ele me ouvia em silêncio, e isso me bastava...

Eu era uma criança nova, que tinha um novo brinquedo.

XLVII

À meia encosta ficava a Casa dos bexiguentos, cuja metade caía em ruínas.

Lembrei com que medo a olhava, lá de baixo, lá de longe, no vale.

Corriam velhos contos sobre ela. Os escravos que a edificaram trabalhavam dia e noite, espancados pelos longos chicotes de pontas de ferro dos feitores, e o sangue que corria de suas feridas misturava-se ao cimento e ao reboco, em grandes golfadas.

A minha imaginação infantil fazia-me ver nas manchas sombrias das paredes enormes placas coaguladas, ainda sangrando, e a chuva escorrendo em gotas múltiplas e apressadas tomava tons avermelhados, formando pequenos regatos que iam apodrecer, depois, lentamente, por dias e dias, nos charcos vizinhos, miraculosamente conservados naquelas alturas, na terra negra, semeada de grandes pedras de dorso encrespado e esmaltado de malacacheta.

Mas, além de sua antiga legenda, em que entrava uma senhora martirizada, um feitor amoroso e forte, na sua timidez de inferior, e cortado em pedaços pequeninos, com a fria sanha de muitas pequeninas vinganças ao serviço de uma forte vingança, e depois enterrado sob o seu assoalho de tábuas mal juntas, agora carcomido, havia uma outra história, e esta muito mais recente e bem real, que impressionava mais terrivelmente que as outras, pela sua simplicidade sem romance.

Quando nos aproximávamos da casa, mesmo em dias claros, encorajados pela luz e pelo canto ruidoso dos pássaros, enquanto outros meninos e meninas falavam baixinho, entre eles, "da pobre mulher que sofrera durante quarenta anos", como diziam as velhas senhoras da cidade, e eles repetiam, sem imaginar sequer o que significava essa frase, e se lembravam com um terror todo convencional do feitor assassinado, eu pensava silenciosamente nos bexiguentos e olhava com pavor para minhas mãos, crendo ver aparecer nelas os sinais de pústulas em formação.

Eles tinham sido ali abandonados em plena febre, e vinham tiritando, cobertos de chagas vivas, até o portão do improvisado e bárbaro lazareto, buscar os alimentos que lhes eram jogados de longe.

Parecia-me que uma cara transtornada, disforme e sanguinolenta me espreitava através da porta desconjuntada, esperando com ansiedade o pão e a carne que vinham embrulhados em jornais velhos, já muito lidos, porque nem os mais miseráveis queriam servir-se das vasilhas que eram lá levadas.

XLVIII

Há muitos anos, quando a varíola percorria o interior, seguindo as grandes estradas e contornando as montanhas, devastando cidades, vilas e fazendas, fora erguido no alto do morro, que dava para a mata, de onde vinham notícias aterradoras, um grande cruzeiro de madeira.

— É preciso que a cruz tenha a cabeça da altura dos braços – dissera, nessa ocasião, o professor de desenho que, ao que parecia, viera do Rio de Janeiro.

— Por quê? – interrogou secamente o vigário de então, jovem e alto sertanejo, apenas ligeiramente quebrantado pela disciplina do Seminário do Caraça.

— Por causa da perspectiva; é uma regra de desenho... Por causa da ilusão que se precisa ter de que a cabeça é só um pouco menor do que os braços... Se fizerem a parte de cima realmente menor do que os braços, ela parecerá, vista assim aqui de baixo, muito pequena, verdadeiramente insignificante, e, repito, não se terá a ilusão perfeita da cruz – explicou o pintor, com o seu falso ar de artista latino, mas um pouco tímido e interdito diante das pupilas sadias do vigário.

— Oh! Senhor – murmurou este, depois de ouvir com impaciência as explicações do desenhista –, não é com ilusões que vamos fazer parar a epidemia das bexigas. A cruz será como a de Nosso Senhor Jesus Cristo!

E o cruzeiro ergueu-se, parecendo ter braços desmesurados, abertos em um gesto de ampla defesa, voltado, em plena serra, para a grande zona já devastada pela moléstia.

Apenas dois trabalhadores de enxada, na cidade e sua redondeza, foram atacados pela varíola. Os três soldados da polícia local foram requisitados pela municipalidade, que fez conduzir os dois pobres doentes para a casa abandonada na meia encosta da montanha, em pleno deserto de pedras negras e faiscantes, e onde foram atirados de envolta com esteiras e cobertores velhos.

Todos os dias, ia alguém levar-lhes alimentos e remédios, que eram jogados através da grade do jardim, que ainda persistia, com suas longas palmas e pés de alecrim, no pequeno terreiro cercado.

E assim foi, por algum tempo.

A princípio, vinham os dois bexiguentos até o portão desmantelado, mas preso por forte corrente, desconfiando um do outro e julgando que o companheiro pudesse fugir, ou apanhar e ocultar alguma iguaria ou medicamento, para não reparti-lo.

Depois, veio um só, o preto, que dizia, quando lhe perguntavam pelo companheiro:

— E o outro?

— Siô... não siô... não siô... – repetia muitas vezes, batendo os dentes e enxugando com um trapo sujo as feridas.

Mas, um dia, também ele não apareceu, e quem foi levar-lhe provisões achou as da véspera espalhadas do outro lado da cerca, como se para ali tivessem sido atiradas com um gesto de mau humor.

E ninguém mais entrou na Casa dos bexiguentos, a não ser a minha imaginação de criança, que acompanhou muitas vezes e por muitos anos, hora por hora, minuto por minuto, a angústia miserável daquelas agonias...

XLIX

No alto, as montanhas abriram-se em toda a sua pompa, perdendo-se no horizonte enorme.

Para qualquer lado que me voltasse, elas corriam em sua fuga vertiginosa, desaparecendo no céu, muito longe, confundindo-se num mesmo azul.

Sete cidades perdiam-se na poeira imensa, ora agarrando-se ao flanco das serras, ora seguindo, apressadas, em longos meandros, as antigas estradas dos bandeirantes, dos escravizadores do minério encantado e dos índios misteriosos, ora recolhendo-se, pensativas, aos vales cheios de sombra.

— Vamos embora daqui – murmurei, já depois de ter chegado à quebrada do alto das serras, e bem baixinho, como se temesse que minhas palavras, ressoando, perturbassem aquele silêncio imenso inquietante.

Mas, uma badalada ergueu-se do vale, e mergulhou, cristalina, no grande espaço, perdendo-se.

— Sinto confusamente – continuei, numa dolorosa agitação que me fazia vibrar o coração em golpes precipitados – sinto confusamente emanar de tudo isto como uma gigantesca e contínua vontade de redenção, um apelo milenar de socorro, um pedido enorme de amor, de compreensão e de magia, que nós, como estrangeiros matadores, não podemos ouvir e compreender.

— Pois olhe – replicou-me o meu companheiro, levantando o busto e fitando-me com irritação –, eu me sinto bem aqui e tinha vontade de me atirar ao encontro dessas montanhas, para que elas me recebessem...

— Tenho inveja dos índios – prossegui –, que neste mesmo lugar olharam sem espanto para tudo isto... Eles eram a parte melhor deste todo, e a sua moralidade era uma só, em um grande ritmo e uma grande marcha que destruímos e quebramos pela morte e pela luxúria, ao passo que, para mim, todo este monstruoso panorama representa apenas um motivo estrangeiro e hostil, que me assusta, que me dá medo pelos seus excessos e pela sua morte mágica.

"Não quero ver mais; sinto-me enlouquecer, lembrando-me que tenho de viver dentro de mim, como numa prisão pequena e escura que se fecha aos poucos, em um isolamento de doença e maldade!

"Sinto-me sem forças quando procuro qualquer ligação entre mim e esta festa alegre e sinistra, que me parece preparada para deuses estranhos, e me acabrunha a minha indignidade para nela tomar parte."

— *Et dixit ei: haec omnia tibi dabo, si cadens adoraveris me* –* sentenciou, maldosamente, o meu interlocutor, sacudindo as suas largas mangas negras.

— O seu próprio demônio teve esse pensamento que lhe acudiu agora, e leio nos seus olhos – e a maior tentação que achou para o Filho de Deus foi a natureza...

— Mas Jesus nada quis, e foi assim que se tornou mais humano, Filho do Homem.

— Eu também nada quero da natureza nem quero conhecer seus pequenos segredos – repliquei com amargura e um grande riso.

— Mas Jesus saiu dele próprio, e preferiu adorar o Seu Senhor – respondeu-me ele com extrema violência –, e você não vê, não ouve, não sente senão a dúvida ou certeza miserável que traz em si!

— Mas, quem é você? Quem é você, que faz aqui e que quer de mim? Eu não sei... eu não sei... – exclamei, pondo as mãos em meu rosto, para ver unicamente aquela criatura, que, subitamente, deixara de existir para mim, e voltara para o silêncio e esquecimento de onde viera.

Ele desviou os olhos, fixando-os muito longe, horrivelmente humilhado.

— É por isso que vou para Catas Altas – disse –, vou para aquela cidade que está lá, tão perto e tão longe... Haverá entre nós um vazio intransponível, mesmo para a verdade... que você nunca poderá compreender...

E as suas lágrimas secaram-se, como se o meu olhar as tivesse queimado.

L

À noite, quando o vi passar pela minha janela, montado em um triste cavalo, e seguido pelo "camarada" sonolento, formando ambos um fantasma soturno, seguido com preguiça pela besta de carga, tive vontade de chamá-lo, de humilhá-lo ainda uma vez, com o prazer amargo de uma vingança sem causa.

Mas, foi com indiferença e espantada repugnância que o vi tirar o seu chapéu tão pobre, tão gasto pelo tempo e pela poeira dos caminhos, já sem

---

* Citação de Mateus 4:9, da Vulgata: "Eu te darei tudo isso, se te ajoelhares diante de mim, para me adorar". (N. do E.)

borlas e sem debrum, e o seu adeus nada me disse, como se fosse dirigido a outra pessoa, que se tornara tão estranha para mim como ele próprio, que fugia totalmente de meu espírito e de minha vida.

LI

Pouco tempo depois, eu voltava da igreja, onde os hinos de alegria sobre-humana e de últimos júbilos da Quaresma tinham retumbado aos meus ouvidos, como o sinal próximo de minha derrota, e andava pela rua principal da cidade, como se tivesse um cartaz com letreiros infamantes pregado em meus ombros, e o livro que trazia nas mãos pesava-me como a mais pesada das grilhetas.

Era inútil passá-lo de uma das mãos para a outra, ou escondê-lo entre as dobras do meu vestuário, quando alguém vinha ao meu encontro.

Todos me olhavam de soslaio, e seguiam o seu caminho, com uma esquisita reprovação na boca e no gesto, e mesmo aqueles que me cumprimentavam erguiam os chapéus com vagar, de um modo certamente insultante.

Quando cheguei, fui para o jardim, sem ainda querer ver pessoa alguma daquela casa, prosseguindo no meu propósito de fugir, de me libertar de seu ambiente de obscuro encantamento, e de me humanizar, esquecendo as suas misérias e mentiras.

Lia sem atenção um dos livros que me acompanham sempre, e, de quando em quando, largava-o com invencível aborrecimento, e descansava os meus pobres olhos, contemplando a casa, silenciosa, enorme, sinistra em sua paz.

E irresistivelmente pus-me de novo a esperar alguma coisa, essa sensação tão minha conhecida, de espera inútil e angustiosa de "alguma coisa" que nunca pudera precisar o que fosse, e que agora se exacerbava dolorosamente em mim, exaltada pela inquietação que me dava o futuro obscuro que se abria a meus olhos, "sem rei nem roque", como dizia, piedosamente, a única criatura humana que espreitara, há tanto tempo, o que se passava atrás de minha vida imutável e estagnada, na sua aparente desordem.

Fugira de Maria Santa e do drama que se reatava, agora já bem próximo, e destruíra com incrível facilidade o que se apresentara ao meu lado, e teria podido transformar em pequenas finalidades. O meu desejo de apoio e de compreensão, a necessidade sempre premente de um clima amigo, fora mais uma vez vencido pela habilidade involuntária com que sabia talhar a solidão e criar o deserto em torno de mim.

E, como sempre, quando me via diante de mim, sem defesa e sem amor próprio, senti aproximar-se, com passos silenciosos e invisíveis, o acontecimento imprevisto e invencível que abriria diante de mim um horizonte irremediável ou alguém que viria obrigar-me a abandonar para sempre a minha única defesa contra a loucura e contra a morte, as correntes que me tinha soldado, com minhas próprias mãos, e cujos anéis se fecharam, para sempre, em torno de meus pulsos.

O jardim povoou-se então de fantasmas, e senti que a verdade estava com Maria Santa, que decerto poderia salvar-me do terror que me fazia olhar, assustadamente, para todos os lados.

E levantei-me, à sua procura, sem ter voz para chamá-la...

LII

Foi, pois, uma criatura ferida e repudiada, um pobre ser cheio de dor e de respeito diante da infelicidade, que abriu a porta e se sentou diante de Maria.

E foi assim que fiquei diante dela, diante de seu vulto, de sua incompreensível atitude, como se dela esperasse uma reprovação, violenta e brusca, que me afastasse para sempre de seu convívio, precipitando-me de novo no meu aflitivo e incurável isolamento moral.

Intensa e irresistível vergonha subiu-me ao rosto, e, quando Maria Santa se destacou do fundo negro do recanto onde se refugiara, em cujas sombras o seu corpo se confundia, e avançou para mim, como a figura de um quadro antigo, que abandonasse o seu fundo de betume, eu estendi as mãos, como para fazê-la parar, como se pedisse que me poupasse.

Ela parou, com efeito, como se obedecesse silenciosamente ao meu gesto.

E estava agora toda iluminada, em plena claridade, banhada de luz.

Só então percebi que trazia os ombros e os braços nus, apenas recobertos por estreita pelerine de rendas pretas, através de cujos desenhos se destacava, com brilho estranho, a sua pele muito pálida e brunida.

LIII

— Que significa isto? – perguntei com inquietação.

— Acha-me bonita? Acha que estou bem? – interrogou-me ela, por sua vez, com voz ciciante.

E ficou muito quieta, avançando um pouco o ventre, com os olhos baixos e as mãos abandonadas nas grandes rendas das mangas.

Levantei-me e apoiei-me ao encosto da cadeira, como se me encostasse ao rebordo de um despenhadeiro...

E subiu-me às narinas um perfume quente, humano, misto de sangue e sândalo, que me tomou a garganta, numa embriaguez acre.

Deixei-me cair de joelhos, tremendo, e disse com voz sufocada:

— Talvez esse sacrifício que faz seja para me salvar, Maria Santa, e eu a bendigo por essa intenção de misericórdia...

Ela afastou-se vivamente, como a um contato escaldante, e, tornando-se ainda mais pálida, murmurou, entre dentes:

— Talvez?... Talvez... talvez eu queira salvar-me!

E parou alguns instantes, refletindo, como se procurasse, dolorosamente, no fundo de si mesma, alguma coisa para dizer-me, e que me ocultasse definitivamente o seu pensamento, ou o esclarecesse de forma total.

Depois, num sopro:

— Ou talvez... queira perder-me...

E, fazendo um grande esforço, reunindo toda a sua energia, caminhou como um autômato para a porta, onde parou e, antes de sair, acrescentou, sem me olhar, sem se volver:

— Salvação ou perdição, estou certa de que te maldigo, de todo o meu coração.

E ajoelhou-se, por sua vez, bruscamente, como se uma mola a tivesse forçado a isso, longe de mim, que já me levantara, e me mantinha de pé, sem saber para onde me dirigir, sem saber o que fazer com meus braços e minhas mãos, sem poder olhá-la sequer.

Beijou o chão com infinita humildade.

Depois, a porta fechou-se lentamente, cautelosamente, sobre o seu vulto, que parecia um corpo morto, todo envolto em rendados negros...

LIV

A princípio ouvi um cochicho áspero, violento, que ora baixava, ora se erguia, irregular e brusco, como uma discussão secreta, brutal, de vida ou morte, e que deveria decidir dos nossos destinos, de todos os pobres fantasmas que se debatiam em torno de um mesmo e criminoso problema.

Era estranho aquele diálogo acérrimo, que me chegava através da porta fechada, e no qual as palavras soavam como golpes secos, mortais, em um duelo travado com a última das violências e às cegas, mas sem que eu lhes percebesse o sentido.

As injúrias deviam alternar com as acusações, e eu não poderia dizer também qual das interlocutoras dominava a discussão, pois não tinha alternativas nem ondulações, era toda em um só diapasão violentíssimo, mas voluntariamente comprimido pela vontade de não se fazer entendido, e parecia toda ela formada por frases soltas, e não por interrogações e respostas.

Tentei abrir a porta, mas o ferrolho tinha sido corrido, e eu tinha que escutar, sem poder saber o que se passava atrás dela.

Toda a minha atenção, todos os meus esforços se concentraram naquele vozear confuso, cujo sussurro se prolongava por tanto tempo, exasperante, sem que se tornasse mais alto, para que pudesse ouvir, e fiquei à espera de uma interrupção, de um choque que o alterasse, que rompesse aquela sinistra monotonia.

Já não podendo mais concentrar meus pensamentos, que se formavam e fugiam em tumulto, com as costas apoiadas à porta e as mãos soltas em movimentos inconscientes, senti que estava prestes a perder o meu equilíbrio, tão penosamente mantido.

Chegava, sem amparo, de surpresa, à extrema fronteira de minha razão.

Eram tantos os apelos, tantas as instigações, as súplicas, os imperativos de todos os meus sentimentos alvorotados, de todas as minhas convicções, remorsos e receios, da compreensão de meus deveres de humanidade, de dignidade e de simples utilidade, que me sentia perder pé, sem remissão, nas ondas altas daquela tempestade que se erguia em mim, enquanto escutava sem compreender o que se passava…

Tudo se obscurecia em meu espírito, e não via caminhos por onde pudesse fugir e voltar à normalidade, à tranquilidade, que me pareciam um sonho longínquo e impossível. Pelo menos encontrar um novo avatar que me fizesse esquecer as demasiado confusas misérias dos antigos…

Quando, passando as mãos desorientadas pelo rosto, eu me contemplava, em uma autovisão, com terror e com estranheza, do outro lado da porta, um soluço abafado e terrível se fez ouvir, e não poderia dizer se era de raiva ou de angústia.

Depois, um grande grito, longo, trêmulo, desesperado, rasgou o ar e perdeu-se nas outras salas.

Imediatamente se fez um grande silêncio.

Depois, outro grito, agora um uivo sobre-humano, como um pedido de socorro de fera vencida...

LV

Ouvi esse chamado com súbita delícia, como a salvação que chegava; um ponto de apoio e de realidade que afinal encontrava ao meu lado.

Tudo se tornou humano e vívido em torno de mim.

Estendi as mãos e me alegrei ao ver que elas me obedeciam agora, e as apoiei de encontro às folhas da porta, como para me convencer, com o seu contato frio, de que elas realmente existiam, e compreendi de novo que atrás dela se passara um drama que eu devia ignorar, que nunca saberia ao certo, pois as suas personagens estariam sempre armadas e prontas para mentir, para explicar de qualquer maneira, exceto a exata, o que se passara entre elas, e qual fora a sangrenta explicação que as fizera se despedaçarem moralmente em alguns instantes.

Talvez elas próprias não soubessem dizer, se quisessem dizer a verdade...

Era preciso fugir novamente, viver outros quadros, respirar outro clima se eu não quisesse perder para sempre o senso já hesitante de minha própria unidade. Queria voltar a mim e já não me encontrava, incapaz de reconstituir qualquer de meus aspectos.

LVI

As chuvas começaram a cair, insistentes, intermináveis, isolando, com suas imensas e espessas cortinas, primeiro a cidade, os caminhos perdidos na lama, onde se enterravam os carros e as tropas, as barreiras da estrada de ferro mais próxima, escorrendo pesadamente dos morros e sepultando os trilhos sob grandes massas moles, que a tudo se agarravam e penetravam em toda a parte, depois a casa, transformando a rua fronteira em um rio de águas negras e rápidas, e a parte baixa dos fundos em um enorme lago de águas frementes, tamboriladas constantemente pelas gotas que caíam sem cessar, fazendo, nos telhados, um ruído de punhados de moedas, atiradas por antigos demônios.

As folhas, nas árvores, murmuravam dia e noite, e as pedras gemiam, como o eco de uma inumerável e sombria multidão que cerrasse as fileiras em torno de nós, em um cerco tenaz e fantasmagórico. As sombras apenas empalideciam com a luz dos dias que passavam, e toda a cidade se perfilava confusamente nas nuvens baixas que a envolviam, vagamente ameaçadoras.

Finalmente o cerco me fez recuar até o meu quarto, onde me fechei, entre o céu e a terra, tendo em minha companhia apenas a lembrança confusa de uma vida próxima e distante ao mesmo tempo, e que já não reconheço, através do nevoeiro psíquico, indistinto, que de tudo me separa, dominando o meu novo mundo como um fantasma indefinível e multiforme, e enchendo de vagos terrores o meu isolamento, na espera ansiosa da semana sobrenatural.

De quando em quando, como se surgissem do mistério e do nada, vinham até mim cartas, que eu examinava primeiro com olhos maravilhados, procurando decifrar com espanto os dizeres e indicações de seus carimbos, contemplando-as por muito tempo, sem me resolver a abri-las, guardando-as em minhas mãos trêmulas.

Que me diriam elas? Que novas dores, que novas dúvidas despertariam os seus dizeres estrangeiros?

Talvez viesse um chamado angustioso e secreto, premente, muito alto, que me ressuscitasse...

Talvez, com indiferença, sem dramas, sem beleza, sem romance, o corte definitivo de toda minha ligação com a vida e com as terras longínquas de onde vinha, e que já tinham morrido em minha memória...

E eu as abria, com tardia sofreguidão, rompendo com os dedos inábeis os seus invólucros, e lia-as de uma só vez, sem entender o que diziam, e só depois de um esforço, de me dominar dolorosamente, é que as percorria cuidadosamente, já com enfado e desilusão, como se não tivesse a certeza prévia de que elas nada poderiam conter, nada diriam senão as verdades simples, indiferentes e apagadas do que deixara atrás de mim.

Lá longe viviam, se é que viviam, apenas os restos informes de sensações incompletas, de tentativas negligentes, de lutas estéreis e obscuras, e tudo que nelas havia de mais vivo e de mais real eu trouxera comigo, em minha imaginação inquieta e doente.

LVII

Os dias se passavam, surdos, indecisos, numa penumbra constante, de indiferença, de calma e de aborrecimento indefinido, hesitante, que me fazia andar pelo quarto, sem rumo, esbarrando nos móveis e abrindo e fechando as portas e janelas, sem ver o que se passava lá fora.

Já me esquecera de todas aquelas criaturas que, lá no interior da casa, se agitavam e viviam, e cujos passos e rumores eu ouvia como um eco distante e inexplicável da mata que cobria as faldas das montanhas que nos cercavam.

Quando apurava os ouvidos, percebia confusamente que toda a casa se enchera de cochichos e murmúrios, com a aproximação da Semana Santa e do milagre anunciado por tia Emiliana. Às vezes, como em sonhos, um cântico longínquo se erguia, mas eu escutava suas ondulações melancólicas como se viesse do espaço, como o gemer do vento ou o ronco ensurdecido das trovoadas que se sucediam com majestosa regularidade.

E foi num dia cinzento, interminável, ainda com o pensamento perdido nas brumas que me cercavam, em um dia em que eu julgara ver, através dos vidros perturbados pelas águas, um olhar fosforescente e mortal que procurava os meus olhos, obstinadamente presos ao meu livro, foi num dia cinzento que eu recebi a notícia da morte do juiz, e um volumoso invólucro, que continha papéis a mim deixados por ele, com a recomendação expressa de que só a mim caberia abri-lo, e o seu conteúdo só a mim interessava.

Não ousei verificar o que neles estava escrito e guardei-os em um pequeno cofre de ferro que sempre me acompanha.

E o sono que me prostrou por muitas horas apagou de todo a sua lembrança em meu remorso.

LVIII

Só então pude olhar os rostos que me cercavam...

E o fiz com precaução, reunindo, pouco a pouco, as partes dispersas de minha personalidade.

Mas como estavam mudados! Como estavam entristecidos e envelhecidos, em mim, em minha imaginação...

Até o meu próprio rosto, que me espantava agora no fundo dos espelhos, tudo me parecia ter morrido, ter perdido sua verdadeira significação, levada pela longa tempestade, perdida nas montanhas furiosas, reboantes de trovões e iluminadas pelos relâmpagos solitários que se afastavam, na direção da mata e do grande sertão.

Saí do meu quarto para contar a Maria a notícia que recebera da morte do juiz.

Na penumbra do aposento, mal clareado pelo dia ainda indeciso e pesadamente úmido, eu olhei com desconfiança para ela, ao saber que também estivera presa em seu quarto, deitada em seu leito, todo o tempo do longo dilúvio.

A sua pele já não vivia mais... até sua voz morrera um pouco, e o esqueleto alegre vinha surgindo, rompendo lenta e seguramente a carne cansada, com seu grande sorriso oculto e misterioso.

Estávamos em vésperas do milagre.

E Maria, ao ver-me, sentou-se na cama, com os cabelos esparsos sobre os ombros, envolta nas cobertas brancas, como um espectro hostil e frio de mau sonho.

Disse-me, surdamente, com voz rouca, e os olhos toldados pelas lágrimas e queimados pelo mal:

— Já sei o que você vem dizer. Era tão bom... eu estava tão calma, e era tudo tão sereno...

"Por que você vem aqui? Nossa Senhora estava diante de mim, e você no lugar dela, no lugar em que ela estava."

Afastei-me da direção indicada pelos seus olhos e sentei-me em silêncio, à espera de que me explicasse melhor o que se passava, pois a minha timidez, que fora sempre uma prisão dentro da qual me debatia, tornada de fuga impossível pela indiferença ou incompreensão dos que me cercavam, ficando para sempre em mim, como um ressaibo, não me deixou interrogá-la, como me pareceu dever fazê-lo, brutalmente, como cúmplices que se explicam sem máscaras.

Era preciso que eu me educasse com a realidade, que adquirisse a experiência da vida corrente e cotidiana, mas, quando surgia a ocasião de enfrentá-la, todos os meus movimentos se tolhiam, e, desta vez, como sempre, a minha habitual e inútil reserva amorteceu e quebrou o contato, que poderia ter sido direto e total, com a alma de Maria Santa.

Por isso, acompanhei com surda e impotente irritação a nuvem de sonho maravilhado que cobriu as suas pupilas há pouco duras e fixas, a embriaguez sobrenatural que o seu rosto exprimia, fazendo com que sua cabeça, oscilando sobre o tronco mal sustentado pelos joelhos dobrados e endurecidos, se iluminasse toda.

Não poderia dizer se o espetáculo que via diante de mim era real, tinha existência própria, ou se a minha imaginação dele tudo tirara, transformando-o, e fazendo-o viver apenas de reflexos de minha miséria.

Agora todo o corpo de Maria Santa oscilava e parecia desprender-se do leito, levantado pela força invisível que eu "sentia" penetrar-lhe pelos olhos, e via com susto um halo misterioso que se formava e envolvia toda a sua figura, iluminando o quarto com uma luz lívida e lenta.

Um longo arrepio percorreu-me o corpo todo e, insensivelmente, pus-me a rezar, sem saber ao certo o que fazia, porque a incredulidade e a raiva quase animal que me tinham despertado a sua atitude se gastaram rapidamente e foram substituídas, com obscura tática, pela desordem de ideias que nos dão o medo e o sofrimento moral.

Os seus olhos fitavam agora um ponto distante, lá fora e mais alto, além das paredes, muito longe, e deviam acompanhar alguém que se retirava devagarinho, com uma suavidade extraterrena.

De chofre, Maria Santa caiu para trás, sobre os travesseiros, e fechou as pálpebras, muito pálida, como se tivesse sido precipitada por uma síncope mortal.

Mas vi que seu peito se levantava e abaixava, longamente, e suas fontes se umedeciam.

O sangue batia com violência em minhas veias, e, num sopro, murmurei:

— Maria, você viu-A?

— Não – disse surdamente, inexoravelmente, e senti que se cortava um supremo escrúpulo que nos ligava.

LIX

Tia Emiliana rondava a porta de seu quarto, e as negras, quando passavam perto dela, erguiam-se na ponta dos pés, sob o olhar perscrutador e emboscado atrás dos óculos coruscantes da velha senhora.

Todas as noites, os ferrolhos enormes, como os de antigas fortalezas, e as trancas pesadas da casa, quase inutilizadas pela ferrugem de longos anos de desuso, todas as noites eram cuidadosamente revistados, limpos e azeitados, e eram corridos e colocados em seus lugares com extraordinária precaução.

Nas suas rondas noturnas, quando procurava assim nos emparedar no enorme casarão, tia Emiliana fazia-se sempre acompanhar por uma negrinha, bêbeda de sono, que seguia os seus passos como um autômato malseguro, espalhando pelo assoalho, conforme os movimentos e oscilações largas que imprimia ao castiçal de cobre que trazia preso entre os dedos entorpecidos, grandes manchas de sebo, aqui e ali, nas grandes tábuas cortadas de veios escuros.

Não se sabe como, a fama das pedras preciosas, avaramente guardadas por ela, cresceu e se alargou, e, nas sete cidades que se avistavam do Pico, falava-se com espanto, e intermináveis conversas cochichadas, na riqueza imensa de tia Emiliana.

Pediam-lhe donativos por todas as formas, por escrito, por mensagens que chegavam de muito longe, algumas pelo correio, outras por mensageiros especiais, que apeavam de seus cavalos com enormes alforjes vazios, prontos para carregarem de volta maravilhosos tesouros, alfaias incomparáveis, outros pessoalmente, em visitas imprevistas e demoradas.

Pediam-lhe esmolas para os resplendores dos santos e santas, para a cera e para a reconstrução das igrejas e capelas, para os hospitais, recolhimentos e abrigos de toda a sorte, para famílias ao desamparo e doentes necessitados, para as criancinhas órfãs e abandonadas...

As irmandades, as viúvas, os pobres e os ciganos vinham debaixo de chuva incessante, por caminhos e trilhos transformados em rios e enxurradas, em busca de suas esmolas.

E a janela baixa dos fundos passou a ser um ponto de peregrinação, onde os pedintes se acotovelavam, ensopados d'água, com os doentes.

Mas, a velha senhora só dava remédios...

Quanto a dinheiro, ela prometia sempre, prometia muito, mas com tal segurança, com tal firmeza nos gestos, que todos voltavam para suas casas tão alegres como se as moedas já tilintassem nos saquinhos, bolsas e carteiras que traziam e levavam vazias de retorno...

LX

São Gonçalo do Rio Abaixo! São João da Borda da Mata! Itabira do Campo! Só a música ingênua e misteriosa desses nomes tão longos e ondulantes, das cidades de onde chegavam caravanas de encapotados, trêmulos de umidade e de cansaço, me animavam e me faziam ver coisas, do outro lado da vidraça zebrada pelos intermináveis filetes d'água, escorrendo velozmente.

E faziam surgir a meus olhos, na vigília fascinada que ali me retinha, paisagens rápidas, de paz e de esquecimento, que alternavam com a visão real, mas fantasmagórica, do grande pátio de pedras lívidas, lavadas pelas enxurradas espumantes com seus pesados telhados, escorrendo em mil goteiras, suas janelas pálidas, e a multidão negra e embuçada, que os relâmpagos faziam surgir bruscamente das trevas, e que depois recuava, desaparecendo de novo atrás dos vidros embaciados, e com ela o ribombo dos trovões que se perdia do outro lado das montanhas, não ousando ultrapassá-las.

Debalde eu os limpava com os dedos, em gestos nervosos, mas tudo voltava às brumas de há pouco, e eu, de novo, só ouvia o relinchar dos cavalos, as ordens gritadas, breves e secas, e o som das portas que se abriam com estrondo para os que vinham de longe, e que se detinham nas salas de espera, horas e horas, enquanto tia Emiliana atendia aos doentes.

E quando tudo sossegava, e todos se retiravam, a casa parecia suspirar e gemer, em ruídos inexplicáveis, interrompidos de vez em quando pela queda sonora de uma pedra, no sótão, ou pelo ranger violento de tábuas que estalavam.

Abrindo os olhos na escuridão, parecia-me que devia apenas esperar a morte, que deveria chegar silenciosamente, sem uma palavra sequer de aprovação, já não podendo mais esperar de "absolvição". E tinha saudades da criança calculista, raciocinadora, indolente e indomável, fugindo sempre, com horror, da desonestidade que sentia crescer em si, surdamente, e que deveria passar da vida para a morte, naqueles tempos, como de um mau sonho para outro sonho.

Tive pena de mim, e o grande sossego visitou minha alma...

LXI

Um dia, a viajante entrou na sala onde me achava, e, ao perceber o movimento que fizera para me retirar, disse-me com indescritível suavidade:

— Também se retira quando chego?

— Por que acentua tanto esse também? – perguntei com azedume.

— Tia Emiliana porque é cigana, Maria porque é santa, e você?...

— E eu?... – insisti, com maior despeito.

— Oh! Você – exclamou ela com volubilidade –, você porque gosta excessivamente de santos e de santas de qualquer espécie.

— Minha amiga – disse eu, sentando-me e dispondo-me a ouvi-la –, você ri muito, e isso não me agrada. Não sei se o seu riso é astúcia ou é amargura. Em qualquer dos casos, me repugna e me faz medo. Parece-me, até, que você já compreendeu a sua situação esquisita aqui.

— Esquisita e absurda – murmurou ela surdamente.

— É verdade... Não tem para onde ir?

— Não, não tenho. Para qualquer parte que eu vá, terei de começar nova vida. Devo evitar isso de qualquer forma.

"Aqui, de um modo ou de outro, nada posso esperar ou temer de novo, e isto me tranquiliza e consola."

— Consola de quê? – interroguei, rindo-me.

— De ter sido tão má, ou demasiado boa, conforme quiser. Aqui, eu me perco em reflexões sem fim, porque toda a gente é santa, ou está caminhando rapidamente para isso... mas não serão de minha devoção!

— Minha amiga! – repliquei, com impaciência, diante do seu riso persistente. — A sua revolta e zanga diante da santidade de Maria me fazem rir a mim também, porque vejo que não a compreende. E ainda me rio das tentações e dos caminhos seguidos pelos santos de sua devoção.

"Os montes de ouro, as comidas brutais, as mulheres nuas que surgiam em seus grabatos, em noites tormentosas, cortadas de rezas e de flagelações, parecem-me brinquedos. Essas visões e o terror que inspiravam enchem-me de espanto, e vejo, com olhos divertidos, diante de mim, homens sujos e velhos que tocam buzina e tangem sinos, pedindo socorro para suas crises... Parece que a satisfação de seus ingênuos, anódinos e santos instintos era um alto e imperdoável crime... E seus pensamentos perdiam-se no mundo exterior, sem nunca se lembrarem dos inextricáveis meandros, as singulares tentações que encontrariam dentro de si próprios, a ponto de perderem a compreensão do impossível, do verdadeiro fim, do ideal único.

"Então todas as vaidades, toda a luxúria e toda a maldade parecem-nos risíveis e mesquinhos ensaios. Sem um limite para o nosso horizonte, sem meta, caminhamos para todos os lados, sem nos encontrarmos e sem conseguirmos a explicação do nosso próprio significado – disse eu, lembrando-me de certas palavras de Maria Santa. — Essa é a verdadeira tentação, e quem a vence e conserva ainda a sua razão é um santo maior que os outros, mesmo que tenha andado pelos piores caminhos."

— Mas os meus santos... – tentou ela dizer, agora muito séria.

— Os seus santos – interrompi – satisfazem apenas a nossa necessidade de mentira, como contrapeso à realidade demasiado maravilhosa que existe em nós. A santidade, hoje, só pode ter um aspecto, que é o da reeducação, mais difícil e lento, por ser uma aprendizagem do pequeno sofrimento. Os santos passam desapercebidos ao nosso lado, porque o homem não compreende a dor, que é sempre uma surpresa, um imprevisto aviltante.

"A tentação mais terrível é o espírito sem saída, sem explicação possível, que acaba por se tornar apenas um estéril instrumento de destruição, mergulhando a vida numa vaga fatalidade.

"A humilhação verdadeira e a irremediável miséria, voluntariamente aceitas, trazem em seu seio o pequeno monstro que dormita em cada um de nós, mas que só desperta nos eleitos, esquecendo aqueles que a própria vida repele, pela sua serenidade imerecida, pela sua incompreensão diante de seus mistérios, pela sua renúncia involuntária, que é um triste crime divino...

"Não queira você criar um ambiente de perturbação e de loucura artificial em torno de si – continuei, olhando com receio para todos os lados –, porque seria então um crime humano, e o castigo está nele próprio, nesse mesmo ambiente, que depois se torna espesso, angustiante, e não se retira quando dele nos cansamos, e se agarra a nós, como mancha indelével. É verdade que todo esse tumulto, toda essa imensa infelicidade não pode durar muito tempo, e o sofrimento não é igual..."

E ri de novo, diante de recordações que vinham em bandos desordenados, surgindo do fundo de minha memória já quase morta. Eram restos de velhos desgostos e reflexos de antigas alegrias, que chegavam até mim em confusão, receosos de ser, como sempre, repelidos com violência, e mandados novamente para o seu silêncio cansado.

As lágrimas, achando os vincos do riso, correram mais facilmente...

LXII

— Foi o padre João quem lhe ensinou essas coisas? – perguntou-me ela, de repente.

— Não pronuncie esse nome porque você não merece tanto – disse eu, sentindo profundamente a humilhação que me causavam aquelas palavras.

— Eu não me zango – disse ela – principalmente porque não compreendo o que diz, nem posso suspeitar o que pensa realmente.

Depois, com um gesto de simpatia súbita, em que a piedade e o desprezo se pintavam em viva harmonia, exclamou:

— Talvez possa servir-lhe de auxílio, se compreender. Conte-me a sua vida, e talvez assim eu me explique melhor tudo o que se passa aqui, com você.

— É impossível e inútil – respondi com os olhos secos –, e ninguém pode fazer isso que me pede, com sincera verdade. A minha vida, como a de todo o mundo, é uma série disparatada de episódios sem qualquer significação seguida e sem lógica.

"A minha infância, a minha adolescência e agora nada têm a ver umas com as outras, e em cada uma dessas fases, e durante espaços de tempo que com elas não coincidiam, eu tive modos de pensar, sensibilidades, maneiras de agir completamente diferentes, e, sob o meu ponto de vista deste momento, não poderia, de forma alguma, concatenar o que se passou comigo durante esse tempo, e, além disso, de alguns acontecimentos eu esqueci a causa, de outros os efeitos, e são hoje perfeitamente inexplicáveis para mim.

"Inexplicáveis e profundamente hostis, e é por isso que assisto com desconfiança e confusa admiração o enternecimento daqueles que visitam, emocionados, só à ideia do que vão ver, a casa onde nasceram ou onde viveram durante algum tempo, ou mesmo a cidade em que passaram a infância, ou qualquer época de sua vida.

"Para mim, percorro quartos e salas, ruas e praças, cidades, campos e montanhas, encontrando-me unicamente com pequenos remorsos ou mesquinhas dores e preocupações que tinham ficado esquecidas nos seus recantos, nas suas paredes, em um detalhe de suas pinturas, numa pedra do seu calçamento, ou na paisagem que, de repente, volta à minha memória, e se enquadra em uma inquietação vaga, que ainda persistia, mas cuja origem já não sabia mais.

"Muitas vezes, revejo um gesto que, no momento, julguei insignificante, e era, no entanto, como muitos anos depois verifico, toda a meta final daquela parte de minha existência. E quando me encontro com qualquer dos meus retratos, vejo nele apenas uma imagem superposta à minha, uma criatura estranha que me olha com olhos inexplicáveis, e cuja vida interior me é desconhecida e desagradável."

— Mas – perguntou-me a viajante, que me ouvira visivelmente obsedada por uma ideia, e que procurava, atentamente, encontrar em minhas palavras pontos de referência, indicações e bases que justificassem e confirmassem a sua obsessão –, mas, e as pessoas que cercaram a sua infância, que amou, que viviam ou vivem ainda ao seu lado? Nada delas ficou na sua memória?

— Oh, eis aí outro ponto de ódio e de tristezas para mim – prossegui, pois as palavras me vinham sem esforço, numerosas, como se fossem o excesso de minhas reflexões solitárias que transbordassem. — Aqueles que me estimaram ou tentaram amar-me, eu os atormentei com a minha insaciável desconfiança, com a minha verdade sempre diferente da deles, com a minha amizade que ultrapassava os seus fins. Uma atitude me convencia melhor do que um raciocínio, porque me cansava menos e satisfazia melhor minha sede de ternura. As três figuras que se debruçaram sobre o meu leito, eu as adorei sem que meu carinho as alcançasse.

"Como poderei recordar isto tudo com prazer, ou sequer com uma espécie de sinceridade voluntária? De tudo, o que me ficou foi a lembrança inquieta e invasora de uma agonia longa e muda, degradante, que suportei por muitos anos, silenciosamente, sob o peso e a depressão constantes da perpétua ameaça de novos e desconhecidos calvários, junto dos quais deveria passar sem ver nem ouvir, como passamos junto dos micróbios de espantosas doenças, que aguardam o momento de assaltar as vítimas designadas.

"É com receio, com susto ambíguo e triste que me lembro do passado e me encontro com os seres diferentes que vivem nele, que conheceram a minha vida e que talvez tenham adquirido direitos sobre mim, direitos esses que não reconheço nem perdoo... Alguns desapareceram, e foi com laboriosa dor, sem cessar reconstituída e retocada, que os vi partir..."

LXIII

Nesse instante, os nossos olhos se cruzaram, e nossos olhares como que se embaraçaram um no outro, com seus raios oblíquos e fugitivos.

Imediatamente a voz me fugiu, e com ela todos os pensamentos que me acudiam em borbotão, como se viessem de fora, e que a inspiravam e lhe insuflavam vida.

Fitamo-nos por momentos e senti a duplicidade sem fundo que também nos escutara, como um ouvinte importuno.

Depois, um irresistível acesso de riso nos assaltou, em sobressalto, e rimos por algum tempo sem dizer mais nada, até que ela, para ocultar o súbito embaraço que a impedia de sair de perto de mim, sem explicações humilhantes, murmurou:

— Parece-me que está fechado o capítulo de confidências... inúteis.

LXIV

Chegou finalmente o primeiro dia da Semana Santa, e também o primeiro do milagre de Maria Santa, que se repetia agora, depois de alguns anos de interrupção.

Já toda a cidade sabia que ela havia cinco horas se achava em seu leito, imóvel, muito pálida, sem sentidos, com os dedos entrecruzados, e a cabeça afundada nos travesseiros, iluminada apenas por um círio.

Eu já a vira, pela manhã, quando teve início o milagre, e toda a casa se comovera com a notícia, saindo mensageiros do pátio já cheio de peregrinos para todos os pontos da cidade, anunciando a boa-nova. Tia Emiliana me acompanhara, vigilante e desconfiada, abanando a cabeça e erguendo as sobrancelhas com irreprimível impaciência e receio.

Resolvi voltar ao seu quarto, sabendo encontrá-la sozinha, pois só ao meio-dia teriam início as visitas, e todas as portas permaneciam fechadas, conservando a casa em um silêncio pesado e respeitoso.

Quando abri a porta, minha mão tremia um pouco, e sentia que a angústia que me apertava o coração era real, mau grado meu.

Vi com espanto que Maria Santa se levantara e vinha ao meu encontro, com passos voluntariamente calmos, mas realizados penosamente, com a desesperada energia que nos dá a extrema fadiga.

Vendo o meu riso silencioso, ela se comoveu extraordinariamente, e pareceu, de repente, que tinha caído sobre seu corpo uma túnica que a envolvesse, toda eriçada de nervos, que estremeciam e se agitavam em tumulto sob sua pele lívida e brilhante.

Seus olhos, dilatados de espanto, as mãos violentamente cerradas, com inumeráveis tiques, os dentes que lhe batiam irresistivelmente, me revelavam a crise de dor imensa, renegada, que a dominava, fazendo cessar bruscamente o movimento de zombaria que tivera ao entrar. E senti que uma tristeza enorme e calma me habitava, sem que eu tivesse pressentido a sua vinda.

Com inesperada bondade, que acentuei com malignidade, quis tirá-la da porta, onde parara um momento, como para reunir de novo toda a sua energia, num supremo esforço, e poder continuar a caminhar em silêncio, sem correr, sem gritar, sem sacudir os braços em vertiginoso movimento.

Mas não pode dar um passo, e vi que qualquer coisa já partira dela, para sempre...

Conseguiu, por fim, fazer concentrar toda a vida que nela se desencadeara nos seus olhos, que se fixaram, alucinados, sobre-humanos, em mim, em meus ombros, no meu corpo todo, queimando-me com sua luz, e dando-me a mais estranha sensação de nudez e de desamparo.

Os soluços subiram-me à garganta e me sufocaram, por instantes, como uma aura súbita.

Ajoelhei-me, com ansiosa felicidade, e estendi para ela os meus braços, mas, como se tivesse diante de si uma terrível visão, ela desviou lentamente o olhar e me repeliu, com temerosa lentidão, murmurando com voz rouca, quase humana:

— Você não... você não...

E, recuando, deitou-se novamente, tomando exatamente a posição em que estava antes.

De joelhos, deixei-me alcançar pelos pensamentos de ódio e de inveja, que vivem no mundo em pesada nuvem, à espera, na tocaia de nossas horas de miséria, confundindo em um só desespero todos os desiludidos, todos os traídos, os sem sorte e os explorados, que se juntam, estrangeiros, em um grupo subitamente homogêneo.

LXV

Maria Santa pusera-se a falar baixinho coisas que não se repetem, e que eu ouvia em silêncio, com o rosto entre as mãos e tendo-me apoiado a uma arca. Tinha receio de interromper, se dissesse uma palavra, se fizesse um só gesto, aquele sonho em que ela se perdia, segredando para alguém, que não era eu, e sim o seu confidente habitual e invisível, e a quem parecia querer explicar a confusão dolorosa de seus desejos, de seu corpo e de seu espírito.

Ele estava entre nós, mas estava só nela mesma, e eu percebia a dor sagrada daquela confissão, o trêmulo orgulho com que era feita, a alegria lenta e sobre-humana da libertação que representava, em sua maravilhosa simplicidade, em sua nitidez absoluta, em comunhão com a terra.

E não pude resistir por muito tempo àquela violação, que praticava involuntariamente, e agitei-me para evitar que a atmosfera se cristalizasse entre nós.

Em seu delírio frio, em sua febre de fantasma, os seus olhos, apesar da visível inconsciência em que estavam mergulhados, eram tão estranhos e profundamente humanos que me assustaram, quando me debrucei sobre eles, e me veio uma vaga vontade de apagar de qualquer forma aquele raio luminoso, tão puro, tão transparente em sua divina inocência, em tamanho contraste com as palavras que meus ouvidos escutavam, e que me confundiam e me enlouqueciam em sua embriaguez doente, em sua morosa deleitação.

Lembrei-me, então, de tantas coisas que fizera involuntariamente, sob o impulso de muitas razões, todas contraditórias, e irritei-me, reconhecendo que decerto faria muitas outras ainda, e talvez as mesmas, mas voluntariamente...

LXVI

Ergui-me com dificuldade e refugiei-me em meu leito, arrastando-me até ele pesadamente, como se carregasse um corpo inerte e estranho, que se recusava, em sua indiferença, a obedecer-me. E passei dessa vigília de pesadelo, sem transição, mal senti meus membros lassos estendidos sob as cobertas, para um sono tranquilo, absoluto, que me dominou de um só golpe, apenas deixando em meus ouvidos a sensação de que ouvira muito longe, lá fora, nas montanhas adormecidas que apertam o seu cerco, o grito solitário e grave de um sino.

E o seu eco prolongou-se durante todo o tempo que dormi, ampliando-se e transformando-se, depois, em um canto longínquo, acompanhado de harmônio, que me despertou com lenta suavidade.

Deitando-me de costas, vi então todo o meu quarto dançar a dança nova da madrugada, em uma luz muito branca, leitosa, que vacilava, indecisa, e toda impregnada dos vagos aromas da terra, em sua virgindade eternamente renovada.

A música indistinta, como se fosse apenas o confuso murmúrio de toda aquela ressurreição, continuava, sem alternativas...

As tábuas enormes do teto estalavam, espreguiçando-se, e eu as via se agitarem, ora subindo, ora descendo, ora ondulando, em movimentos indistintos e fantásticos. E pus-me a contá-las, lembrando-me vagamente de que seriam necessárias poucas delas para me envolverem, para se fazer um ataúde como vira um, todo recoberto de veludo, mas deixando perceber no interior as pranchas brutalmente aplainadas com que fora feito.

E me veio à lembrança, como um sonho antigo, a noite em que morrera a única pessoa que me fizera ver e compreender a vida com outros olhos que não os meus.

Fibra por fibra, nervo a nervo, cada órgão, cada membro, se tinha apodrecido diante de meus olhos, implacavelmente abertos na escuridão.

Vi sua pele perder primeiro o brilho, como se dela se retirasse a luz misteriosa que a iluminara em vida, depois a rigidez, que a tornara quase irreal, pela sua maravilhosa mocidade, e, com temerosa lentidão, ela se abria, em chagas lívidas.

Vi as carnes surgirem e caírem, para lá e para cá, com certo ruído abafado, que me chegava até os ouvidos, preciso e nítido, apesar de sua úmida moleza.

Vi os vermes formarem-se e brotarem, em grupos ávidos, daqui e dali, iniciando metodicamente, gravemente, a sua tarefa.

A marca da boca, em sua curva sinuosa e tão simples, tornou-se pálida e lívida, e depois negra, entreabrindo-se, numa horrível ferida, que deixou escorrer por ela líquidos amarelos.

Atingi de novo o fundo daquela angústia antiga, mas não morta, e de novo me pareceu ultrapassar os limites de minha possibilidade de crença, e, com penoso esforço, e como se me tirasse, arrastando pela mão, da floresta inextricável, espessa e temerosa, cheia de secretos cochichos, de chamadas angustiadas e longas trevas, onde me perdera, consegui trazer-me a outra região mais pura, onde poderia haver paz e perdão.

LXVII

— Quem sabe é tudo apenas um engano seu? – disse, então, bem baixinho, e com melancólica ternura, desconhecendo a minha própria voz.

Olhando para a janela, vi que a lua me espreitava através das folhas trêmulas da mangueira, que a tapava, como pesada cortina.

— O seu mal – prossegui, como se tivesse alguém ao meu lado –, o seu mal é transpor o objeto e o fim de tudo, dando-lhe uma significação, uma intenção remota e pouco sensível aos outros.

"Talvez tudo seja um erro de sua vontade, uma realidade que não seja a sua... porque você não é um ser exclusivamente material, e decerto possui alma, que é menor do que seu corpo, e não está de acordo com ele, excedida, sufocada, superada em tudo por ele..."

— É melhor, e tenho uma quantidade de razões para acreditar nisso, mas todas contraditórias – continuei, com voz mais humana, menos fora do mundo, em um tom sentencioso e de conselho que me parecia ridículo –, é melhor você voltar ao seu passado, procurar outro ponto de partida, mudar as etiquetas de seus sentimentos, e você encontrará, talvez, a sua perdida simplicidade...

LXVIII

Era o segundo dia de visitação, pois o primeiro, na véspera, se passara longe de mim, porque adormecera quando os primeiros visitantes chegaram, depois do meio-dia, e não mais saíra de meu quarto.

Pela madrugada, depois de longas orações dirigidas por tia Emiliana, e acompanhadas no harmônio por Didina Americana, que parecia tomada de intenso fervor religioso, esquecida de mim e da terra, foram abertas as portas aos visitantes, da pequena cidade e arredores, e aos peregrinos, vindos de longe, que se apresentavam diante da casa, enchendo em seguida a rua, e depois os pátios, em pacífica, mas invencível invasão.

Sentindo o rumor surdo da multidão que passava pelos corredores escuros, ouvindo as mãos que roçavam a antiga porta de madeira que fechava o meu quarto, como uma prisão, em uma única saída, levantei-me e vesti-me, depressa, e saí com precaução, esforçando-me por perder-me entre todos aqueles passantes que, logo depois percebi, não tinham ainda entrada junto de Maria Santa, e enchiam, por enquanto, apenas as salas e antessalas que precediam o aposento onde se achava, e onde entrei, furtivamente, por outra porta interna, dando para um quarto deserto e condenado.

Logo que entrei, parei, com surpresa, diante de dois vultos estranhos, postados de cada lado da cabeceira da enorme cama preta onde Maria Santa estava deitada, e que pareciam velar atentamente o seu sono.

Aproximei-me na ponta dos pés, com cuidado para não despertá-la e para não chamar a atenção das pessoas que pudessem estar ali, perdidas na penumbra que reinava.

E reconheci, com maior espanto, que os vultos eram duas imagens, uma do Senhor dos Passos e a outra da Virgem das Dores, que tinham sido postas ali sem que se visse quando nem como.

Atrás de uma delas distingui tia Emiliana, que, em um gesto rápido, de costureira, como se desse a última demão à sua obra, consertava as dobras do grande manto de pesado veludo roxo-púrpura, debruado de ouro, da primeira estátua, que representava Jesus ajoelhado, esmagado pela cruz, vestido de seda também roxa, salpicada de pontos de ouro e franjas também douradas, e com a cabeça curvada, mostrando, através dos longos cachos de cabelo verdadeiro, à moda das igrejas sertanejas, o seu rosto terrivelmente expressivo.

Também a negra, a velha mucama, ali se achava, e, ao me verem, puseram-se uma ao lado da outra em atitude subitamente defensiva, e como em intensa e angustiosa espera.

Só depois de muito tempo, compreendendo que nem sequer as via, ou não queria ver, e que, em seguida, examinava a outra estátua, vestida de branco e azul sombrio, com rendas e bordados de prata, e finalmente olhava para minha amiga, é que elas desarmaram o gesto hostil, e continuaram, silenciosamente, as suas arrumações, afetando ignorar minha presença ali.

E tive meus olhos presos pela figura esquálida e serena de Maria Santa, cuja fisionomia tranquila nenhuma expressão voluntária compunha ou ocultava, e agora parecia surgir, para mim, dentre as rendas toscas que a cercavam, como o fantasma de outra mulher, até ali ignorada.

Os sentimentos que se formam em nós, e que preparam e precedem confusamente a realidade nova que se vai apresentar diante de nossas vistas e de nossas mãos, explicando e guiando as nossas sensações, ligando-as à nossa consciência, abandonaram-me de súbito, e vi-me ao desamparo, diante da verdade nova que surgia diante de mim, e senti-me sem forças para defender-me da insuportável sensação de exílio que me dava a brusca mudança de cenário que se operara em torno de mim.

De novo senti que se aproximava, rapidamente, a fronteira da loucura, e procurei, ansiosamente, satisfazer a necessidade imperiosa de presença e de realidade normal, que me invadia.

Olhei outra vez para as imagens, para tia Emiliana e para a mucama, fugindo sempre do rosto de minha amiga, que me atraía, na sombra, como um vago e mau encantamento.

Examinei, enquanto meu coração encontrava lentamente o seu ritmo, o grosseiro esculpido das estátuas, o exagero teatral de seus vestuários e de suas atitudes, e, finalmente, o vestido preto e vulgar de tia Emiliana, com seu grande rosário de prata passado no pescoço, e a negra, de lenço branco amarrado à cabeça, com as pontas pendentes atrás, e manchado de óleo.

Elas esperavam a minha partida, espreitando com impaciência todos os meus movimentos, tendo às mãos duas salvas de prata, que decerto seriam colocadas nos pedestais das imagens.

Uma das salvas estava já cheia de moedas, e tia Emiliana, que a tinha entre as mãos, ao perceber que eu a examinava, escondeu-a rapidamente atrás do alto espaldar da cama, que a ocultava em parte.

LXIX

Voltei para o meu quarto, conseguindo passar sem que se apercebessem de minha presença, pelas salas e corredores agora repletos e sufocantes, de gente que esperava que se iniciasse a visitação.

Foi com voluntária alegria que me fechei de novo, isolando-me por completo da multidão, e, no silêncio animal que se fizera, pude recompor, laboriosamente, a minha tranquilidade.

Mas, dentro em pouco, depois do estalido seco das portas do aposento de Maria Santa, que se escancaravam, toda a casa se animou, e o rumor pesado dos passos dos visitantes que agora entravam no quarto, as suas exclamações abafadas, os prantos que rompiam, irresistíveis, em altos soluços ao verem que Maria Santa, muito pálida, de lábios cerrados e a boca levemente azulada, não dava o menor sinal de dor, quando espetavam alfinetes em seus braços nus, colocados ao longo de seu corpo imóvel e estendido. E as orações, as súplicas de melhor vida, os pedidos de cura, feitos entre gemidos e suspiros, formavam uma estranha música, que me encheu os ouvidos.

Senti que todo aquele desespero, toda aquela ânsia me fascinavam, me alucinavam, fazendo-me duvidar de minha própria existência real, em uma esquisita libertação, em uma dolorosa separação do interno e do externo, que se isolavam, formando uma criação artística monstruosa e involuntária.

Sozinha, fora de mim, a realidade, que anunciavam há tanto tempo, surdamente, os meus pressentimentos e desconfianças, surgia agora diante de meu espírito em desordem, com fulgurante verdade e nitidez.

Querendo fugir, não tomar parte na luta que se tornava iminente, tentei reviver os anos esquecidos de minha vida, em que tivera apenas forças para viver, procurando sempre uma forma libertadora, e a ela sacrificando, sem o saber, as pequenas alegrias que a formam, em uma cadeia longa e sutil, que só muito tarde se liga e se distende.

De joelhos, com o rosto entre as mãos, e apoiado ao meu leito, revi-me criança e lembrei-me da transformação que nela se fez, em momentos, e com grande perturbação de minha alma infantil, quando se deu a mudança da luz do gás para a elétrica, em nossa casa.

Sucedendo à luz suave e difusa do bico que se mantinha sempre aceso em meu quarto, com sua borboleta azul e ouro vacilando e crepitando misteriosamente, veio a luz nova, muito branca, cortando as sombras em secos e compactos blocos.

As noites passaram a ser longas e angustiosas, e me parecia estar fora do mundo, dentro de uma prisão mágica, e a minha detestável infância tornou-se ainda mais inerte e triste, espantada e assustada por aquela súbita claridade, que varria de golpe os meus queridos e pequenos fantasmas, e me deixava exaustivamente só, em minha própria presença.

(É um drama ignorado, depressa esquecido, o da meninice sem Deus.)

De minha cama, encolhendo-me e contrafazendo-me para me tornar ainda menor, eu via os recantos escuros do quarto, de onde me espreitavam por muito tempo, em um silêncio de espera ao mesmo tempo divertido e terrificante, e depois vinham em tropel até as grades que me cercavam e me defendiam, os meus amigos noturnos; e eu os via agora muito claros, tristemente nítidos e sem mistérios.

Se apagavam a luz, porque não dormia com ela acesa, punha-me a chorar, com a súbita cegueira, com a angústia, o pavor da treva absoluta, e dentro em pouco o pranto se transformava em uma pueril crise de nervos. E acabava por suplicar que me deixassem, que dormiria com a lâmpada ligada, e fechava os olhos, para que julgassem que adormecera realmente.

E tinha receio de abri-los e ver o novo quarto que se criara em torno de mim e que me parecia estrangeiro e inimigo.

E sonhava, desejando uma outra idade, que fosse muito diversa da que tinha diante de mim, e sonhava comprar uma lâmpada, que fosse outra lâmpada, que tivesse outra luz, e me fizesse ver outro quarto, completamente diferente do meu.

Mas, pouco a pouco, as salas violentamente iluminadas de nossa casa pareceram-me ainda mais misteriosas e aterrorizantes, e o pesadelo do nítido e do claro, cercado pelas trevas imensas lá de fora, passou a ser o meu último companheiro.

O tempo passara, e, ouvindo os passos dos últimos visitantes que se retiravam lentamente, recitando preces a meia-voz, senti, com a cabeça mergulhada nas cobertas, um grande e gelado medo, porque sabia que Jesus me acompanhara, sem que eu O visse...

LXX

No dia seguinte, eu quis ver, com meus próprios olhos, como os peregrinos e visitantes procediam, e, ao atravessar a sala que precedia o meu quarto, vi tia Emiliana que saía do seu, e fechava a porta, parando, depois, bruscamente, e encostando-se ao umbral, como se lhe faltassem as forças em um deslumbramento.

Olhei-a com receio e tive a intuição de uma catástrofe, irremediável, definitiva, porque, pela expressão do olhar e de seu rosto lívido, ela parecia ter fechado atrás de si um crime.

Esteve parada por uns momentos, como uma visão de surpresa terrificante, e era tão significativo o seu aspecto, que se fez um morno silêncio, calando-se todos os que se achavam na sala, em todas as posições, e mostrando nos vestuários que vinham de toda a parte, de todas as classes.

Por fim, ela conseguiu dominar-se, sua fisionomia tomou, com esforço, a expressão habitual de severa compostura, e, volvendo-se, rapidamente, deu duas voltas à chave, tirou-a, pô-la no bolso, e atravessou a sala com incomparável dignidade, tão simples, e tão natural, que não se percebia quase o tremendo esforço que representava.

Passando diante de mim, sem me olhar, de cabeça baixa e lábios cerrados, ela dirigiu-se lentamente para o quarto onde Maria Santa estava exposta, e já estava repleto de pessoas, que se tinham deixado ficar, enquanto não eram empurradas pelas outras, que se achavam nas salas, e que, por sua vez, eram também empurradas pelos que vinham de fora, tudo sem impaciências, sem protestos, entre cochichos murmurados como orações, num sonho opressivo.

Tia Emiliana abriu caminho entre aqueles homens e aquelas mulheres curtidas de sol e de chuva, experimentados por uma natureza severa e desproporcionada, apenas com a auréola de sua autoridade moral, que mesmo os desconhecidos, vindos de muito longe, logo lhe reconheciam, à primeira vista.

Chegando perto do leito em que jazia Maria Santa, no meio do semicírculo vazio que se formou, ela ajoelhou-se, batendo duramente com os joelhos no chão, e pôs-se a rezar intensamente, com a cabeça escondida nos braços, cruzados sobre as cobertas.

LXXI

Eu tinha seguido tia Emiliana e parara a um canto, pois logo depois que ela passou, o caminho que se abrira diante dela fechou-se, irresistivelmente, e não me foi possível acompanhá-la até junto da cama.

Por sobre os ombros dos que se achavam diante de mim, segui e observei curiosamente, atentamente, o movimento das espáduas da velha senhora, à espera de um súbito e imenso soluço que as agitasse, porque compreendia confusamente o que se passava em sua alma, e estava à espera de uma explosão iminente, de uma crise irremediável, que a fizesse delatar o que se passara em seu quarto, o seu retiro, o seu secreto refúgio, entre ela e seus misteriosos guardados.

E esqueci-me da presença do corpo de Maria Santa, sempre imóvel, com as pálpebras roxas abaixadas e a pele lívida animada apenas pelos reflexos vacilantes das grandes velas de cera, que tornavam ainda mais pesado e espesso o ar da sala, inteiramente fechada.

Os visitantes, que nos rodeavam, indiferentes às nossas preocupações, rezavam uns, ajoelhados, e de olhos fixos no rosto de Maria, enquanto outros, dela se aproximando, espetavam novos alfinetes em seus braços, furtivamente, com fria curiosidade, e com o pretexto de se tornarem eles, depois, preciosas relíquias, que serviriam de socorro e alívio para muitos males.

Mas, assim como ninguém pudera ver o que guardava em seu quarto, assim como ninguém nele penetrara, depois de sua instalação, pois ela tudo arrumara sozinha, sem o auxílio de qualquer pessoa, com as portas cuidadosamente trancadas por dentro, assim agora ela nada deixava transparecer do que se passava em seu íntimo, e apenas um prodigioso cansaço tornava seus movimentos lentos e compassados. O seu corpo, seco e débil, manteve-se sempre hirto, sem o menor abandono.

Depois, levantando o rosto inerte, sem expressão, dentre os braços, ela apoiou as mãos no rebordo da cama, e ergueu-se, silenciosamente, como se o quarto estivesse completamente vazio, e ela devia estar longe do que se passava, do ambiente de súplica e de milagres que nos cercava. Como se estivesse calculando meticulosamente os seus gestos, ritmando-os e regularizando-os com minúcia, segurou respeitosamente as mãos de Maria Santa, que tinham sido piedosamente postas em cruz, e beijou-as com lentidão num cerimonial solene e bizarro.

Depois, voltando-se, sempre com o mesmo majestoso vagar, caminhou e veio em seguida até mim, sem hesitação, e sem erguer os olhos que fitava obstinadamente no assoalho.

Parecia que alguém a avisara em segredo, ao ouvido, da minha presença, e a conduzira pela mão até junto do lugar onde me mantinha, entre tantas outras pessoas, desconhecidas e indiferentes, como em um refúgio seguro e bem guardado.

— Você velará Maria esta noite – disse-me, com suave autoridade, fazendo cair, uma após outra, grandes contas de seu rosário –, porque me sinto extraordinariamente cansada.

"Estou exausta e com a cabeça perdida, pois há tantas noites não durmo, não descanso um só momento. Assim, você ficará só aqui, durante toda a noite, com o corpo da nossa Santa."

Parou por alguns instantes, como se procurasse mais alguma coisa que me devesse dizer, e que, repentinamente, lhe tivesse fugido da memória.

Finalmente, prosseguiu com a sua voz sussurrante, doce e quente:

— Ninguém virá perturbar o sossego sagrado deste quarto, nem você permitirá que o façam.

LXXII

Desde que ouvi essas palavras e senti nelas uma secreta intenção, não tive mais ânimo de sair de perto de Maria Santa, e ali fiquei até que o último visitante, depois de olhar-nos de soslaio, e tendo espetado, furtivamente, um alfinete no braço de minha amiga, se retirou como um ladrão, esbarrando nos móveis e não sabendo onde esconder as mãos.

A casa, pouco a pouco, foi-se tornando silenciosa, e, em breve, tudo parecia dormir nas trevas que nos rodeavam.

Apenas o crepitar dos círios e a minha respiração precipitada interrompiam a calma absoluta que se fez, depois que se apagou por completo o trote da montada do derradeiro peregrino.

Sentei-me em uma das grandes e negras arcas, que estavam apoiadas às paredes, e que, com suas alças enormes, pendentes e luzidias de muitas mãos, pareciam prontas para serem suspensas aos arreios das bestas de tropa.

Elas davam ao quarto um aspecto de pouso, de ponto provisório de parada rápida em longa e pesada viagem por estradas sem fim, sem roteiro certo, à procura de tesouros que as deveriam encher, para serem trazidas em novas e intermináveis caminhadas.

Contemplei, por muito tempo, o rosto de Maria Santa, impassível, imóvel, como uma estátua funeral das antigas catedrais europeias, e, de repente, alguma coisa em seus ombros me chamou a atenção, fazendo com que me erguesse de onde estava e me aproximasse vivamente.

Ela estava envolta em um hábito amplo de flanela branca, que a escondia toda em grandes pregas, desenhando castamente as suas formas, tornando-a muito longa, em linhas todas simples e de severa harmonia.

Nos ombros a túnica era presa por laços, e meus olhos, neles se fitando intensamente, me fizeram compreender, e depois ver, que estavam desatados, deixando entrever a carne morena e pálida das espáduas de Maria, por entre as duas bordas do vestuário imaculado, que, apenas tocado por meus dedos cautelosos, caiu, para os lados, com surpreendente facilidade…

LXXIII

Uma renovação lenta, como um cântico, o despertar sucessivo, ritmado, de forças novas, o palpitar, que se fazia sentir, a princípio surdo e longínquo, mas depois bem próximo, bem nítido, correndo por minhas veias como as águas que invadem murmurando, a princípio hesitantes, depois em louco tumulto, a rede de irrigação de uma campina, o palpitar de um sangue mais humano e generoso, despertavam em mim toda uma vida nova, involuntária e terrível, como um festim funerário.

Passei, assim, depois, muitas horas, com o corpo voluptuosamente estendido, os membros lassos pendentes para fora da arca, onde de novo me refugiara, e cuja tampa, pesada e eriçada de taxas, me parecia de inexplicável doçura.

Gozei, com indizível tranquilidade, da pacificação de todas as minhas inquietações, de todos os meus antigos terrores, e aquela vida animal que nascera e agora se agitava em mim, em surdina, despertando as fontes mais secretas de minha energia, sem depender de minha vontade e dos desejos mórbidos de meu espírito, que se tinham retirado para as trevas de onde tinham vindo, em bandos confusos.

Parecia-me que o futuro se abria, iluminado, e via diante de meus passos, que seriam agora conscientes e seguros, outro domínio, sadio e sagrado, e era um sacrifício pisá-lo de outra forma que não fosse a indicada pela ordem sucessiva, só agora revelada, do destino.

O divórcio que houvera em mim, e que se tornara nítido e palpável, era a causa dos meus remorsos inviolados, e do perdão impossível de meus próprios sentidos.

E compreendia então que era, que tinha sido até agora uma pobre criatura miserável, e, do alto de minha antiga miséria, espreitava com serena esperança esse misterioso reerguimento, essa preguiçosa e tardia sublimação que se fazia fora de meu controle.

Via, com delicioso pavor, o nascimento, a criação muito complexa e difícil do animal que, de um salto, me deveria dominar, aplanando e destruindo, talvez para sempre, as curvas e os ângulos do meu caráter incompleto, inacabado...

LXXIV

Levantei-me e, dirigindo-me outra vez para o leito de Maria, sentei-me na larga borda de madeira, debruçando-me, com ansiosa precaução.

Descobria agora que um outro mundo coexistia com o meu, e nele os seres se moviam, sentiam, amavam e viviam de uma forma que eu não compreendera ainda, apesar de suspeitar de sua existência, como quem ouve vozes e passos indistintos nas pousadas e hotéis de viagem.

Diante do corpo sem consciência de Maria Santa, fiquei imóvel durante minutos eternos, antes de estender as mãos e tocar com elas a prova real do que se passava em mim, e pude, afinal percorrer, agora já sem medo, os seus seios fortes, extraordinariamente fortes na linha alongada do perfil do seu corpo estendido, todo iluminado por uma luz unida, mágica e mole, que fazia transparecer, como um trabalho de marfim antigo, a caveira mal oculta pela carne lívida e translúcida.

As imagens de tia Emiliana, envoltas em seus mantos suntuosos de veludo, fitavam-me com seus olhos exageradamente patéticos, de onde pendiam grossas lágrimas de parafina, escorrendo sobre as faces de cor cadavérica, apesar das manchas de vermelhão, e os pesados ramalhetes de flores de metal, como mitras de bispos de pesadelo, as velas de cera, muito altas e hirtas, as rendas e franjas douradas e prateadas, em profusão, tornavam tudo que me cercava irreal, estranho, sustentando com seu ingênuo e esquisito artifício a minha pobre tentativa de vida e de humanização.

Não me parecia cometer um crime moral, desvendando vagarosamente, um a um, os melancólicos segredos daquele corpo que todo se me oferecia e se recusava, ao mesmo tempo, em sua longínqua imobilidade.

Era uma caridade incomensurável que ele praticava, inconsciente, mas, por isso mesmo, mais valiosa e quase divina pela sua inocência puríssima, sobre-humana.

E vinham à minha boca, em confusas e irresistíveis golfadas, palavras redentoras e esquecidas de amor universal, que eu murmurava como em sonho, um sonho enorme de fecundidade, de presença, de seiva humana e eterna, que latejava com violência em mim, espantando para bem longe fantasmas subitamente apagados e envelhecidos...

Que alegria intensa, total, que felicidade alta, pura, inebriante, me fazia tremer os dedos quentes e cada vez mais audaciosos.

A repercussão profunda que sentia despertar e erguer-se, em mim, através deles, fazia com que se abrissem, devagar, diante de meus passos sonoros, as portas da vida...

LXXV

Quando tia Emiliana me encontrou sem sentidos, na manhã do dia seguinte, carregou-me em seus braços débeis, arrastou-me pelos corredores ainda vazios, sem chamar, sem pedir o socorro e auxílio de pessoa alguma, e, abrindo os olhos, vi que estava na minha cama, e que ela me observava com seus olhos de pássaro noturno, muito abertos e sem expressão.

Nada me disse, e depois de me cobrir saiu sem rumor, fechando a porta à chave, e levando-a consigo.

E passei todo o dia entre o sono agitado que me abatia, de repente, e uma confusa vigília, onde em vão tentava recordar o que me sucedera, escapando-me por completo a ordem dos fatos, que se me apresentavam à memória em quadros rápidos, mas desconexos e sem uma significação precisa, apesar da sua instantânea nitidez.

Quando a noite invadiu meu quarto por completo, adormeci então profundamente, e só muito tarde, quando já as frestas das janelas se iluminavam misteriosamente, é que despertei, com a certeza antecipada de que ela voltara, e já saíra de novo, depois de tudo examinar silenciosamente.

Uma aura que subia pouco a pouco até minha garganta, tentando lentamente sufocar-me, tinha interrompido o meu sono mortal e me trouxera à realidade, com a consciência exata e imediata do que sucedera na penumbra que reinava em torno de mim.

Quando me levantei, conseguindo dominar os meus nervos em desordem, sem que nada, nenhum indício de sua passagem me fizesse compreender a verdade, já estava dentro de mim, sem que tivesse sido produzida ou sugerida por meus sentidos, a compreensão absoluta e clara de seus gestos, e a justificação de sua espionagem.

Os meus dedos trêmulos não procuraram a vela que devia estar sobre minha mesa de cabeceira, porque sabia ser desnecessário acender a luz, pois tinha a certeza, de antemão, que tudo em redor estava meticulosamente em ordem, tudo fora minuciosamente, metodicamente posto em seus lugares, com uma naturalidade e engenho tal que não saberia de forma alguma distinguir o que fora feito por minhas próprias ou o que fora reposto por mãos inimigas...

E tinha a certeza, também, de que os papéis deixados pelo juiz já não estavam no seu lugar...

LXXVI

Encontrei a minha porta encostada e, a um leve toque de minhas mãos, nas trevas, ela se abriu, fazendo-me ver as salas e corredores iluminados pelo reflexo longínquo, fantástico, dos círios sempre acesos, em torno do leito de Maria Santa, desde o início do milagre.

Atravessei duas salas, sem o menor rumor, pé ante pé, e, parando no meio do outro corredor, pus-me a escutar, com terrível tranquilidade, o grito ou o espantoso gemido que esperava, desde que despertara.

Estava diante do quarto da viajante, e mantive-me, por muito tempo, com o coração aos saltos, na mesma posição, pois sabia que as tábuas do assoalho, naquele lugar, fariam um súbito e estrepitoso ruído, se fizesse qualquer movimento brusco.

Esperava o que devia acontecer, o que era indispensável, para minha compreensão, que acontecesse.

Senti, finalmente, que a porta daquele quarto se abria, silenciosamente, e, invisível nas trevas que se reuniam ali, quase palpáveis, percebi que ela passara por mim, como um sopro, perceptível apenas pela sua misteriosa irradiação de ódio antigo.

Estendi os braços com indizível receio, e, avançando às cegas, com os movimentos trôpegos de quem vai cair sem amparo, alcancei a porta que tinha diante de mim, e que se abriu subitamente, e a viajante surgiu, iluminada fortemente, em cheio, por um lampião de querosene, de mesa, que segurava com as duas mãos, tendo, com certeza, empurrado a folha da porta, brutalmente, com o pé.

LXXVII

— Ah, é você – disse-me ela, com os olhos muito abertos, e onde a luz do querosene fazia brilhar muitos pontos faiscantes e zombeteiros –, julguei que fosse ela...

— Ela já foi – murmurei, com infinita covardia, e novo medo –, mas esteve aqui, entrou em seu quarto, e também no meu, examinando tudo que havia lá...

E os pontos luminosos de seus olhos puseram-se a bailar, e o lampião estremecia em suas mãos. Vi que ria, sacudida toda por pequenos soluços, pois continha a risada, em uma prodigiosa surdina.

Pareceu-me sacrílego aquele riso, e, sentindo que me abandonava toda a energia que ainda existia em mim, compreendi que era agora apenas uma pobre coisa sem dono, em suas mãos.

— Venha – disse-me.

E, passando o braço pela minha cintura, fez-me entrar em seu quarto, levando-me para perto do leito.

Colocou o lampião sobre a mesa, e, instantaneamente, formou-se diante de mim um quadro de tranquila intimidade.

Sem me deixar, levantou com cuidado uma redoma, afastou a imagem que se achava sob ela, e tirou de sob o seu pedestal cinzelado um pequeno saco de camurça, que eu sabia dever estar ali.

Despejou-o sobre a coberta da cama.

Uma luz misteriosa, muito pura, brotou, cintilou, hesitante, e depois se fixou, por um segundo, mudando repentinamente de cor.

Outras centelhas foram surgindo, aqui, ali, acolá, e puseram-se a palpitar: eram pedras preciosas.

— Levei-as a um ourives – explicou-me ela, falando baixinho, com o rosto muito junto do meu, para que se não perdesse na escuridão nenhuma de suas palavras –, e o pobre homem disse-me que são ametistas, topázios, berilos, águas-marinhas, crisólitos, colófanas, que sei eu!

"São rubis, esmeraldas e brilhantes dos pobres – prosseguiu, rindo de novo. — São turmalinas estas, tristes turmalinas, boas para turcos! E o mais engraçado é que ela já sabe de tudo... O comprador de pedras, que veio da capital, e que todas as vezes que aqui vinha insistia para que as mostrasse, sem nunca conseguir vê-las, obteve, finalmente, essa incomparável prova de confiança, e disse-lhe tudo, tudo!"

— Mas você – consegui interrompê-la, sem esconder minha intensa repugnância –, você não poderá guardá-las sempre consigo.

"Deve saber que isso se tornará extremamente perigoso."

— Julga-me uma ladra – sibilou ela, ainda mais baixo, e, com violento desdém marcando-lhe os lábios, acrescentou:

— E talvez tenha razão para isso. Sou mesmo uma mulher perdida. É inútil ocultar-lhe, porque sabe disso...

De repente, as lágrimas saltaram-lhe dos olhos, e ela tapou o rosto com as mãos. Aproximei-me, e os nossos corpos se tocaram.

Mas, sem levantar a cabeça, sem me pôr as mãos, ela me repeliu, apenas pela incompreensão imensa que ergueu um muro entre nós. E senti pousados em minha nuca, quando me retirava, os seus olhos ardentes de espanto e de inquietação...

LXXVIII

— Porque esta é uma cidade sem alegria – disse eu nesse dia, ao meu amigo das consultas de tia Emiliana, em um momento em que conseguimos ficar a sós, na sala de visitas, enquanto os peregrinos e curiosos se apinhavam nas outras salas e corredores.

"Por toda a parte o homem conseguiu pôr a nu as suas pedras de ferro, negras e luzidias. E sobre elas construíram suas casas, onde as famílias degeneram lentamente, e em cada uma está a loucura à espreita de novas vítimas.

"Ande à noite por aí, por essas ruas letárgicas, por entre esses intermináveis postes de luz elétrica, clareando com silenciosa pompa, misérias e ruínas, e ouvirá gemidos, tosses, uivos e gritos alucinantes, ouvirá, realmente, tudo isso, como se percorresse as alamedas de um grande hospício, por entre teus pavilhões gradeados.

"Já observou a voracidade sinistra dos mendigos, em contraste desesperado com a sobriedade dos ricos? Conhece, com certeza, sinhá Coura 'porque canta no coro', como explicam os nossos caipiras? Já esteve com a mulher do 'seu' Zé Julio, que tem um cancro enorme, aberto em flor, devorando-lhe a perna, porque uma mulher de xale preto na cabeça verteu água atrás da porta de seu quarto?"

"E Maria Alvim, que não pode costurar, porque a roda de sua máquina de costura se põe a gemer com a voz de seu marido? E a porta da câmara, do lado esquerdo, que não se abre porque foi fechada por um fantasma?

"E toda essa mascarada que se forma em torno de mim e me aterroriza!

"O senhor não sente que não poderemos nunca caminhar juntos com as coisas que nos cercam aqui, que caminhamos para fins absurdamente diferentes e que se ignoram uns aos outros?

"Não ouve a maldição que parte de cada uma dessas montanhas desoladas, não se arrepia diante da ameaça que vive em cada um desses vales, que se fecham, bruscamente, depois de nossa passagem; o ódio de suas árvores, o desprezo de suas águas envenenadas, pesadas como um remédio?

"Vivemos como sitiados, como prisioneiros que se entreolham, raivosos, pressentindo a chegada de uma desgraça, que não sabem qual é, mas que deve ser, infalivelmente, dolorosa e sem perdão?

"Quem nos defenderá? Quem apaziguará o nosso medo?"

Levantei-me, sem poder conter minha agitação, e caminhei pela sala, até a janela, para poder encontrar um pouco de calma, que me pudesse deixar sair dali, sem olhar para o "meu novo amigo", como o chamava padre Olímpio.

Olhava pelos vidros a multidão que se renovava sem cessar, e tinha já me esquecido de sua presença, quando senti a sua mão pousada em meu braço, e, ao voltar-me, deparei com seu rosto curioso e risonho.

— Parece-me que não está bem, que está doente – disse-me ele, com afabilidade. — Por que não consulta dona Emiliana ou não reza para que a Santa lhe dê saúde?

E qualquer coisa caiu entre nós, como uma cortina espessa e negra, excluindo o meu interlocutor, e fechando o meu coração.

LXXIX

Ficando só, apalpei com gesto inexperiente os meus punhos, pois parecia-me realmente ter febre.

E pus-me a lembrar-me do menino mudo que estivera em nossa casa, e nós, crianças, a cada grunhido seu, gritávamos umas para as outras: "está com fome!", "ele tem sede!", e corríamos a buscar-lhe frutas, doces, pão e água...

O mudo chorava, humilhado e irritado, e nos repelia, com indignação, humilhando-nos e irritando-nos por sua vez.

Mas, eu devia estar com febre. E a casa, em silêncio, ressoava toda, como uma grande caixa de harmonia, com o estalido lento e espaçado das tábuas do teto, do assoalho e dos móveis.

Pela janela, que eu deixara aberta de par em par, na escuridão, vinha o bafo das casas, humano e morno, em lufadas, ritmadas como a respiração de alguém, e trazia-me uma sensação de repouso e de companhia.

Senti de novo passos silenciosos...

Depois, murmuraram alguma coisa, como se interrogassem insistentemente a um enfermo, cujas respostas eu não ouvia, perdidas na distância.

Depois, o ruído quase imperceptível diminuiu ainda mais, cessou por instantes, começou de novo, cortado por um frouxo de tosse convulsa, e tudo se confundiu em meu sono agitado, exaustivo...

LXXX

Mas, logo despertei, e não pude mais fechar os olhos nas trevas, tal o cansaço e desalento que sentia. Uma alegria inumana me gelava, agarrando-se a meus ossos, e minha cabeça fria continuava, monstruosamente, a calcular e a refletir, sem que eu pudesse reter as fórmulas e as reflexões que se sucediam, em desordem.

Uma personagem invisível, na sombra, diante de mim, parecia interrogar alguém que me dominara, exigindo meticulosas explicações que eram dadas fora de minha consciência.

O meu medo atávico viera de novo à tona e não queria mais descer, para se afogar no fundo de minha alma, onde encontraria temerosos inimigos.

Para me guiar naquele terrível labirinto, para o qual me conduziam os dois interlocutores, eu precisaria de aceitar Cristo como um ponto de partida, mas não o encontrava perto de mim. E senti-me submergir na solidão, perdendo-me por entre as coisas estranhas que se tinham juntado a mim e que me acompanharam sempre, sem comigo se unirem completamente.

Julgava não ter dormido, mas alguém me disse três palavras junto do rosto, e essas palavras respondiam de forma nítida, precisa, total, às interrogações que se faziam em mim, durante aquela noite interminável, em uma antinomia dolorosa, que me devorava.

Levantei-me impetuosamente e revistei as sombras de meu quarto com olhos interrogadores. Com passo febril percorri-o todo, e abri as portas do pesado armário, que, pareceu-me, se haviam movido; depois, de joelhos, estendi os braços e verifiquei que não havia pessoa alguma sob o meu leito.

A minha pobreza me amedrontava, e se até há bem pouco era vítima de meu frenesi, agora dominava-o com minuciosa e irônica paciência, e desatei a rir, vendo que meu quarto estava bem fechado, mas desta vez por dentro, tornando-o um refúgio seguro, mas sufocante de isolamento.

— Com certeza – pensei em voz alta, falando com aqueles que pareciam me observar e assistir, na sombra –, outra pessoa me diria que tudo isto é mentira e riria dessas dúvidas que me parecem sem solução... Mas a verdade – continuei bem baixinho agora, para que nem eu ouvisse – é que nada se torna bem meu, verdadeiramente meu, e a zona moral que me acompanha tudo destrói ou afasta, sem que eu possa ver e tocar o que me cerca e vem comigo, e me oprime com a sua presença incompleta e perturbadora...

E lembrei-me de que lera, ou alguém me dissera, que Deus não faz parar aqueles que caminham juntos...

LXXXI

Aproximei-me da janela que dava para plena cidade, em sua descida tumultuosa de telhados lívidos, iluminados pelo violento luar, e, debruçando-me em seu peitoril, respirei com força, a grandes haustos, aquele ar adormecido, com suas ondulações lentas, arfando em ritmo com todos aqueles peitos, ocultos à minha vista.

— Talvez não os tenha conhecido bastante – murmurei, e agora minha voz me parecia familiar e amiga – e se deles me aproximasse, e ouvisse seus segredos, decerto me compreenderia melhor e afastaria de mim essa doença de reserva e de infelicidade que me acompanha por toda a parte, como um fruto seco preso à sua árvore, e gastaria, talvez, esse enorme amor que existe, inaplicado, em meu coração.

"A confusão e o mal estão em mim, mas possuem vida independente e involuntária, longe de meu raciocínio e de minha vontade, e é preciso que estranhos me auxiliem e me libertem.

"Mas, quem me libertará? – continuei, animando-me. — Não posso inocular-lhes o meu sofrimento, e isso não me curaria.

"Transpondo a vida para outra inteligência, terei talvez o repouso que me falta...

"Mas quem teria falado tão perto de meu travesseiro? Não foi uma voz brasileira, porque era justa e clara. A nossa natureza diz uma coisa, e os nossos homens outra. Como poderia ouvi-la?"

Fui até à porta, e nela apoiei o meu rosto, fitando os ouvidos, para tentar compreender o que se passava lá dentro. Mas agora reinava na casa toda um silêncio transparente, sem mistério, como se estivesse completamente vazia das vidas que nela respiravam.

LXXXII

Aquela era a noite da espera do grande milagre, e, nos pátios, homens e mulheres, velhos e crianças se amontoavam em grupos pacientes e silenciosos, que eu via de minha janela, que dava para a parte de trás da casa, em uma de suas reentrâncias, e para onde me dirigira na agitação de minha insônia.

Via apenas os seus vultos negros, em massas imóveis e confusas, pois, deitando-se sobre as mantas e arreios que para ali tinham trazido, eles se cobriam, dois, três, às vezes uma família inteira, com os enormes ponchos de lã que tinham trazido de longe.

E eu sabia, pressentindo-os, que entre eles havia doentes de toda a sorte, que ali estavam na ânsia de alívio e de salvação, que surgiria, para eles, com o sol. A fé formava um halo em torno daqueles corpos inanimados, e todo o pátio parecia habitado por uma só alma adormentada.

Contemplando, na penumbra, pois o luar não penetrara até ali, todas aquelas misérias, divinizadas por uma esperança comum, abstraí-me, pouco a pouco, de toda a minha agitação que me angustiava momentos antes e, penetrando, insensivelmente, em uma região mais pura, vi-me diante de meus próprios olhos, voltados para dentro.

Bem longe, em meu coração, brotava um canto incerto, relembrado sem surpresa. Era como uma adolescência de sangue pobre, lânguida e cortada de luzes de primavera, muito suave e muito humilde.

E, com a imagem de Maria Santa, surgiu em mim, pela primeira vez, a alegria pura...

Um curioso sorriso brincava em meu espírito e me guiava, em meu avançar lento e confiante para a tranquilidade final e procurada.

Com um movimento de esquecido medo, quis envolver-me, de novo, em meu sudário, que se desfizera em cinzas, e senti cruelmente a sua risível insinceridade... O renascimento de meu corpo se fazia, lento e com dolorosas intermitências, mas talvez se completasse, espantando para sempre as sombras que me cobriam de sofrimento e de confusão.

Era um sorriso secreto e amargo que se abria em mim, e parecia-me ter deixado lá no caminho, lá bem para trás, um fardo, que só muito mais tarde deveria retornar aos meus ombros.

E eu via, como em uma visão estrangeira, nessas horas de solidão agora tranquila, eu via a alegria renovada e profunda de meu próprio olhar, erguido para mim, e que se apagava, num recuo crescente, como se sobre ele pesasse o poder de muitos anos que passaram.

Via-me agir, como se fosse outra pessoa, e só a lembrança dos fatos e gestos vinha à minha memória. Não me recordava das impressões, de nenhuma das reflexões despertadas em mim pelos acontecimentos desses tempos, e que tinham adormecido, até então, em um sono de paz mortal.

O sentimento confuso de minha fraqueza e a pobreza que me amedrontava tornavam-me mais caro o apoio finalmente encontrado em Maria, e um sol novo iluminava as minhas ideias, antigamente sombrias, e agora vagas, e muito brancas.

A morte devia vir muito mansa, muito leve...

Mas eu tenho medo de...

O sangue, batido pelo grande golpe das recordações que me assaltavam de súbito, em tumulto, sufocou-me. Vindas em turbilhão do fundo de meu esquecimento, eram como uma bofetada em pleno rosto que eu recebia, uma injúria sangrenta, imperdoável...

LXXXIII

Nesse mesmo instante, como obedecendo a um sinal dado, toda a casa despertou e cresceu em rumor.

Portas que batem com violência, chamados e gritos, passos apressados, e um choro alto, longo e lúgubre, como um cântico misterioso, dominando o coro confuso formado pelo ruído dos peregrinos e visitantes que despertavam em sobressalto. E o sol rompeu, radiante, sem que eu tivesse pressentido a sua chegada, tudo iluminando e transformando.

Ergui-me, rapidamente, do leito onde me recostara, e onde me parecera ter dormitado, e, sem compreender ao certo o que fazia, obedecendo instintivamente ao apelo de vida que vinha de fora, lancei sobre os ombros algumas peças disparatadas de vestuário, e dirigi-me, quase correndo, para o quarto de Maria, de onde me parecia partir aquele gemido incessante, modulado como um uivo sobre-humano, e que despertava em mim uma certeza sombria e maléfica.

Quando cheguei, compreendi que era tarde.

As salas e corredores estavam vazios, e, ao lado da porta do aposento, vi primeiro um homem velho, todo vestido de preto, vendo-se nas costuras de sua roupa o seu cansaço e a sua pobreza.

Ele escrevia em um grande livro, e tomava notas em papéis esparsos ao seu lado.

Depois, reconheci o médico, que disse uma frase longa e entrecortada à tia Emiliana, que o escutava, muito pálida, com os olhos baixos e as mãos escondidas. Parecia querer convencê-la de alguma coisa triste, que a velha senhora ouvia com esforço e voluntária complacência.

Ao sair, fechou a porta violentamente sobre si, e só então vi padre Olímpio, que, sentado, com as pernas estendidas, rezava profundamente, apenas me lançando um olhar distraído e vago, sem notar o meu espanto e a atenção nova com que reparava agora em tudo que me rodeava.

As enormes imagens, envoltas em veludos, rendas e franjas, os ramalhetes de flores de prata, hirtos e agressivos, os candelabros escorrendo cera, as salvas de prata com seus óbolos, os crentes de joelhos, ou de pé, recolhidos e em êxtase, tudo desaparecera, e eu tinha diante mim, apenas um quarto mortuário comum, uma pobre câmara ardente onde repousava o corpo de minha amiga.

Mais uma vez, meu espírito se voltou sobre si mesmo, interrogando-se com inquietação...

Entraram senhoras vestidas de luto, com gestos de cerimônia, e eram também recebidas cerimoniosamente por tia Emiliana, que trazia uma renda preta na cabeça, distintivo das viúvas, e oferecia um copo de água benta, onde mergulhavam um ramo e aspergiam o cadáver.

Elas entravam em silêncio, em ordem, abraçavam a senhora, murmuravam ao seu ouvido qualquer coisa e, depois de se ajoelharem por alguns instantes diante do leito, sentavam-se nas cadeiras que tinham sido postas simetricamente encostadas às paredes.

Tudo era feito como se tivesse sido estudado e preparado longamente, de antemão, e por tal forma era a regularidade do espetáculo, que me apercebi, de repente, da esquisita figura que fazia no meio da sala, com o meu vestuário improvisado, e com o rosto banhado pelas lágrimas que escorriam, esparsas, sem que eu as sentisse.

Tia Emiliana aproximou-se e estendeu-me a mão, como a uma pessoa estranha, e pareceu-me que seu braço era uma serpente, cuja cabeça gelada tive entre as minhas mãos, deixando-a cair com invencível repugnância.

O choro alto, ululado, continuava, e resolvi refugiar-me perto dele, como se procura um amigo e um apoio nos momentos de tristeza e abandono.

E encontrei a risonha viajante, agora em prantos, cortado de soluços, não podendo conter o gemido rouco que lhe vinha aos lábios, irresistível, num paroxismo de dor e de medo.

Ela não me viu chegar e não se apercebeu de minha presença ao seu lado, onde permaneci por muito tempo, em silêncio, com os olhos secos e um sorriso brincando em minha boca.

De repente, os meus prognósticos se reuniram e adquiriram, num segundo, existência real, como uma profecia ou maldição.

Voltei, então, correndo, para junto de Maria Santa, como se o chão queimasse os meus pés.

LXXXIV

Padre Olímpio levantou-se e com um gesto largo, colocou qualquer coisa sobre os ombros, dirigindo-se com solenidade para junto do cadáver, e as senhoras, erguendo-se todas ao mesmo tempo, formaram um grupo, entoando orações, e também se chegaram para o leito, acompanhando os movimentos do sacerdote.

Tia Emiliana, que ficara em pé, a um canto, deu alguns passos e ia se ajoelhar, quando se apercebeu que eu, obedecendo lentamente a uma ordem inexplicável para mim, tinha colocado diante dela uma velha almofada de veludo escuro, desbotada e gasta, toda cercada de canutilhos de prata, que sempre vira à cabeceira de Maria Santa.

Ela suspendeu o seu gesto e não se ajoelhou...

Ficou em pé, muito branca, de lábios cerrados e as pálpebras caídas, e acompanhando o seu olhar, que brilhava através dos cílios, vi no veludo cansado um perfil vago, que se apagava lentamente, lentamente...

EPÍLOGO

Hesitei um pouco em dar a este capítulo o título de epílogo. Aqui terminou o diário que transcrevi integralmente, resistindo ao desejo de corrigi-lo, de atenuar a sua introspecção mórbida e tornar Maria Santa a principal personagem do livro.

Porque eu conheci Maria Santa em um só gesto de uma velha parenta minha, em cuja casa permaneci algum tempo, quando de minha viagem ao fundo dessa maravilhosa Minas Gerais, e, se ele me satisfez, não seria decerto do agrado daqueles que, como eu, acham que um romance deve basear-se na "estrita observação de fatos reais", como se dizia antigamente.

Não é, pois, um epílogo, porque não sei o final deste romance, e, quando perguntei à minha parenta quem tinha escrito este jornal, e que fim tivera, ela apenas se persignou e desviou o olhar de meu rosto.

Depois de muito tempo, um dia me contou que a sua mucama era a mesma de Maria Santa, e talvez a única pessoa na cidade que guardava o seu culto, e conservava religiosamente um dos alfinetes que tinham servido ao suplício de sua antiga ama.

E ela contou-me, com a sua assustada simplicidade de negra velha, que as senhoras da cidade, logo que souberam que o enterro de Maria Santa ia ser feito simplesmente, se tinham reunido, compraram metros e metros de veludo branco e rendas de prata, tinham devastado seus jardins e quintais, e, depois de revestir com o pano precioso o pobre caixão preto, tinham carregado nos ombros, primeiro sua tampa, transbordando de lírios, onde do cadáver surgia apenas o rosto, de entre as mesmas flores, e quase encoberto pelo véu e pela grande grinalda de botões de laranjeiras.

As moças e meninas, de trajes virginais, com laços de fita azul à cintura, atravessaram, cantando, as ruas da cidade e transportaram lentamente a sua Santa até o cemitério, fazendo abrir uma cova no meio de sua principal alameda, ainda inteiramente vazia. A benção foi-lhe dada por padre Olímpio, que chorava, olhando perturbado para três figuras de preto, que conversavam baixinho, e riam à socapa.

Eram sinhá Gentil e Didina Americana, e a pessoa que escreveu o diário, e de quem a mucama nada me quis dizer.

De dona Emiliana e da viajante apenas me disse que tinham partido ambas, e levaram em sua companhia a outra negra, que não devia ter durado muito, acrescentou, porque "aquela malungo tinha maldição".

E não podendo conhecer a vida de Maria Santa senão pelos papéis que me foram confiados, não pude escrever o seu romance, como desejava, e o autor ou autora do manuscrito nos dá apenas o reflexo, a projeção de Maria sobre a sua alma, e colocou-se, a meu ver, sob um ponto de vista fora da realidade, e daí a transposição de todas as personagens para um plano diferente do meu e longe de minhas intenções.

A oposição entre o mundo real e o mundo interior resultante dessa retirada voluntária tornou-se uma luta angustiante de fronteira da loucura, e daí o título que resolvi dar a este livro.

Conversando muitas vezes com a mucama, não pude dar um passo atrás no seu passado e no daqueles que tinha conhecido e assistido em sua vida íntima, mas tive a compreensão bem clara de que achara em sua fé total e tranquila um abrigo, um refúgio de amor e de proteção muito forte, que me defenderia do medo que sentia prolongar-se em mim, inexplicado, quando vi que juntos com o diário estavam os papéis deixados pelo juiz.

Como tinham vindo parar ali? Não sei explicar, e não quero saber o segredo que guardam, presos por uma fita e pelo alfinete que a velha mucama me deu...

Rio de Janeiro, 1933.

Editor responsável | Rodrigo de Faria e Silva
Coordenação editorial | Monalisa Neves
Edição de texto | Denise Morgado
Levantamento de documentos e pesquisa editorial | Cláudio Giordano
Revisão | Adriane Piscitelli e Tereza Gouveia
Capa e projeto gráfico | Raquel Matsushita
Diagramação | Entrelinha Design

© 2020 Faria e Silva Editora

Dados Internacionais de Catalogação na Publicação (CIP)

C412a   Penna, Cornélio;
Fronteira / Cornélio Penna, – São Paulo: Faria e Silva
Editora, 2021.
104 p.

ISBN 978-65-81275-00-6

1. Romance Brasileiro

CDD B869.3

A Faria e Silva Editora empenhou-se em localizar e contatar todos os detentores dos direitos autorais de Cornélio Penna. Se futuramente forem localizados outros representantes além daqueles que já foram contatados e acordados, a editora se dispõe a efetuar os possíveis acertos.

Nesta edição foram feitas atualizações de grafia e respeitou-se o novo Acordo Ortográfico da Língua Portuguesa.

Este livro foi composto no Estúdio Entrelinha Design com as tipografias Sabon e Berber, impresso em papel pólen bold 80 g/m², em março de 2021.

FARIAESILVA
www.fariaesilva.com.br